# Corbeau Noir
# et
# Faisan Doré

Roman

**Bernard Garde**

*A Claude*

# Corbeau Noir et Faisan Doré

## I

Mardi 2 mai 1976. Le jour même où je dois quitter l'Ecole
Royale de Police Judiciaire de Banburg, après trois années
d'études enfin couronnées par ma première nomination, le
directeur, Monsieur Johnson, me reçoit une dernière fois dans son
bureau poussiéreux, au milieu d'un désordre qui contredit
étrangement les principes d'efficacité et d'organisation qu'il nous a
inculqués. En mettant près de dix minutes à trouver mon dossier, il
croit bon d'affirmer que pour moi, désormais, la pratique doit
remplacer la théorie, et que seule une véritable intuition issue de
l'expérience peut gouverner une carrière d'inspecteur de police.
Alors que la sienne le guide jusqu'au désordre d'une armoire
encombrée dont un rayon s'écroule sous le poids des paperasses, je
reconnais sans peine mon dossier à la couleur de son attache et lui
fais remarquer qu'il est déjà sorti et se trouve là, coincé entre son
bureau et la corbeille à papier. Loin de s'excuser de l'avoir fait
tomber négligemment de son étagère pour l'oublier si près d'une
insultante poubelle, il préfère me féliciter pour mon esprit
d'observation et se déclare réconforté de voir que mon sens
pratique vaut déjà le sien. Peu après, il m'envoie chasser le crime

et le hors-la-loi dans un monde rempli d'embûches, en me souhaitant bonne chance et en m'assurant qu'il suivra de près ma carrière comme celle de chacun de ses anciens apprentis policiers. Enfin, tandis que j'attends une belle déclaration parachevant mon envol professionnel et résumant, tel un testament, la pensée de mon maître, Monsieur Johnson déclare, sous l'effet d'une inspiration décidément comparable à son intuition : "Il faut un début à tout !"

Et pourtant, comme il a raison ! Aussi banale qu'elle puisse me paraître, cette évidence résonne en moi comme un écho permanent pendant les huit heures de train qui me rapprochent trop lentement d'Aldersea. Je vais enfin connaître la vie excitante et mouvementée à laquelle j'aspire depuis toujours. Je me sens tellement affamé d'aventure que je souhaiterais que quelque crime sanglant ait lieu dans ce train désespérément tranquille. Par moments, j'imagine naïvement la fameuse attaque du train postal, tandis qu'à d'autres instants plus lucides, je me fais l'effet étrange d'une fragile baudruche, gonflée d'ambition mais vide de toute expérience, et que la moindre balle pourrait à jamais aplatir. Oui, ce brave Monsieur Johnson a cent fois raison : de toutes les enquêtes d'un vieux policier endurci, la toute première est certainement la plus inoubliable. Enfin, comme le temps me paraît interminable, je profite d'un arrêt prolongé à la gare d'Aylesbury pour acheter un roman policier au kiosque à journaux. Peut-être est-ce pour moi un ultime cours de perfectionnement avant le baptême du feu ? C'est en tout cas le meilleur moyen de tuer un temps dont la réalité ne mérite aucune attention.

Le lendemain matin, après une nuit agitée au Ferries Lodge, je déjeune précipitamment afin de ne pas manquer mon rendez-vous au Quartier Général de la police d'Aldersea pour rencontrer mon chef et recevoir mes premières instructions. Sitôt arrivé, je me fais connaître et l'officier de quart me prie de le suivre jusqu'au troisième étage. Là, il me fait attendre dans une pièce obscure et exiguë qui doit servir d'antichambre au bureau de l'Inspecteur Général Grigson. Visiblement, c'est dans ce triste endroit que les suspects et autres criminels doivent attendre leur interrogatoire, car la pièce en forme de cube fait irrésistiblement penser à une cellule de prison. Sur des murs uniformément gris et sales, quelques affiches rappellent la gloire de la police de Sa Majesté, tandis qu'un cadre poussiéreux entoure une photographie aérienne de la prison de Stanford. En parcourant la pièce du regard, je remarque soudain un étrange tableau suspendu au-dessus de l'unique porte. Je suis tellement intrigué que je dois m'en approcher pour comprendre. C'est plutôt une sorte de sculpture murale, composée d'os de poulet bizarrement collés sur un carré de liège, et vaguement disposés en figures géométriques. Tandis que j'essaie vainement d'en goûter l'esthétique, un policier ouvre brutalement la porte et me surprend dans cette pieuse attitude, comme si j'étais en conversation avec un au-delà inaccessible.

- "Vous aimez ?"
- "Qu'est-ce que c'est, au juste ?"
- "C'est de l'art moderne, Inspecteur. La passion de Monsieur Grigson !"
- "Et qui est l'artiste ?"
- "C'est Ted Grigson, le fils du patron. Il expose le week-end prochain à Birmingham."

Je me félicite d'avoir posé la question, ce qui m'évite une gaffe malencontreuse, et me promets d'éviter Birmingham ce week-end. Peu après, je suis enfin introduit dans le bureau de l'Inspecteur Général. Le contraste avec l'antichambre est d'une violence déconcertante, tant ce vaste bureau respire le confort et la clarté. Deux larges baies vitrées laissent voir les plus belles branches des arbres de Sutton Avenue, tandis que l'ordre qui règne à l'intérieur fait ressortir un mobilier contemporain du meilleur goût. Seuls trois cadres d'ossements et une sculpture improvisée à partir de boîtes de conserve, de bandages et de pansements me font regretter l'antichambre. L'accueil est plutôt courtois, mais loin d'être chaleureux. Devant cet homme ordonné, je pense avec amusement à ce cher Monsieur Johnson que l'éloignement me rend désormais si sympathique. Mais, tout aussitôt, sans prendre le temps d'un seul mot personnel qu'il jugerait inutile, Monsieur Grigson en vient au fait.

- "Pour votre première enquête, il faudra vous contenter de quelque chose de facile. Je ne peux pas prendre de risque tant que je ne connais pas vos véritables capacités. D'ailleurs, vous serez deux à vous occuper de cette affaire. Je veux dire que vous serez assisté par le Sergent Beetle, dont vous serez entièrement responsable."

Lisant sans peine une évidente déception sur mon visage, Grigson prend le temps d'un sourire aussi fugitif qu'un tic nerveux avant de continuer.

- "Le Sergent Beetle est déjà au courant de l'affaire, d'autant plus qu'il n'y a pour l'heure que très peu d'éléments."
- "De quoi s'agit-il ?" dis-je en forçant mon intérêt.
- "Un des principaux notables de la région, Lord Alderson, se plaint de recevoir des lettres anonymes depuis quelque temps. A vrai dire, ce n'est pas très grave, mais comme il s'agit de quelqu'un d'important, nous ne pouvons pas refuser l'ouverture d'une enquête."
- "Je comprends."

En fait, je comprends surtout combien cette affaire promet d'être facile, et pour tout dire, ennuyeuse, à moins que des événements imprévus ne viennent l'enrichir pour mon plus grand bonheur.

- "Et que dois-je faire ?"
- "Vous devez non seulement tranquilliser Lord Alderson par votre présence, mais surtout trouver l'origine de ces lettres et, bien sûr, éviter toute aggravation," ajoute-t-il en me tendant un dossier jaune d'une minceur révélatrice. "Voilà ! C'est tout pour le moment. Vous pouvez garder ce dossier et rejoindre le Sergent Beetle qui vous attend dans la bibliothèque, au rez-de-chaussée."

Et sans même avoir eu le temps de compulser les documents de ma première affaire, me voilà reconduit dans le couloir.

Quelque peu déçu par la brièveté de cette entrevue, je trouve cette entrée en matière expéditive et bien peu motivante pour un début de carrière. Au lieu d'utiliser l'enthousiasme qui cohabite si bien avec ma jeunesse, voilà qu'on m'expédie chez un Lord vaguement inquiété par trois ou quatre missives sans signature. Et non content de m'imposer cette corvée presque humiliante, Grigson a décidé de m'adjoindre un Sergent, sans même avoir la délicatesse de nous présenter l'un à l'autre. Tout en me dirigeant vers la bibliothèque dont j'ai déjà remarqué la direction dans le hall d'entrée, je me demande quel type de policier il me faudra désormais supporter plus encore que diriger. En souhaitant une compagnie plus équilibrée que les caricatures opposées d'un Johnson ou d'un Grigson, j'entre dans une vaste salle monotone encombrée de rayonnages métalliques d'époques diverses, et dont les peintures dépareillées et écaillées çà et là laissent supposer d'ennuyeuses lectures. En fait, "bibliothèque" est une appellation bien prétentieuse pour un amoncellement

11

d'archives jaunies par le temps et dont le classement laisse visiblement à désirer. En cherchant sans illusion mon Sergent Beetle, je découvre par hasard une *policewoman* plongée dans une lecture assidue entre deux hautes rangées de rapports d'enquêtes criminelles. Je me permets de l'interrompre un instant.

- "Pardon, Mademoiselle, savez-vous où est le Sergent Beetle ?"

Elle relève le bout de son nez, tandis que ses lunettes rondes me fixent d'un regard pétillant qu'un léger sourire souligne délicatement.

- "C'est moi !" répond-elle sur un ton qui semble me reprocher de ne pas l'avoir deviné. "Je suppose donc que vous êtes l'Inspecteur Flag ?"

Un véritable choc me paralyse un instant tandis que je photographie son adorable visage. Ses cheveux, quoique plutôt courts, sont d'un roux automnal, et leur contraste avec le vert de ses petits yeux fendus en amande évoque la lumière mystérieuse de quelque paysage irlandais. De part et d'autre d'un petit nez rieur, ses joues sont clairsemées de taches de rousseur que l'on dirait assorties à l'écaille de ses lunettes. Bien que n'étant pas très grande, ni sans beaucoup de relief dans son uniforme réglementaire, elle affiche malgré elle un *look* irrésistiblement "rétro" et "intello". Je commence à trouver quelque intérêt à ma première enquête lorsqu'elle me rappelle à la réalité.

- "Je vois que vous avez le dossier."
- "Oui. Grigson vient de me le remettre, mais je n'ai pas encore eu le temps de lire les documents."
- "Ce sera vite fait ! Installons-nous à cette table, voulez-vous ?"

Je préfèrerais faire d'abord connaissance avec ma collègue, ne serait-ce que le temps de prendre un verre au pub que j'ai déjà repéré de l'autre côté de Sutton Avenue. Mais il faudrait en attendre l'ouverture, et par ailleurs, le Sergent Beetle n'a pas l'air plus loquace que l'Inspecteur Grigson. Une fois installés à la table de travail de la bibliothèque, nous lisons intégralement le mince dossier du cas "Alderson" qui porte le matricule 13805/13 au grand dam de ma superstition.

En fait, le dossier ne contient que les trois lettres anonymes dont se plaint Lord Alderson ainsi qu'un rapport d'expertise provenant du laboratoire de la Police Judiciaire. Naturellement, les missives ne sont composées qu'à partir de collages multiples associant sous forme de menace des caractères typographiques de tous horizons. Les enveloppes, avec leurs timbres dûment oblitérés par trois bureaux de poste différents, n'ont fourni aucun indice quant à l'auteur de ces menaces, et le laboratoire s'avoue impuissant à faire avancer l'enquête avec si peu d'éléments à notre disposition.

Ces trois messages troublants ont été adressés à Lord Alderson au rythme d'une lettre par quinzaine, la plus récente ne datant que de six jours. A la lecture de leurs textes énigmatiques et volontairement dépouillés, il paraît évident qu'une menace se précise à l'encontre du Lord et de ses proches. Le corbeau semble s'être délecté à graduer ses missives dans une progression aussi macabre que dramatique. Le texte de la dernière lettre se révèle particulièrement obscur et nous devons le relire à haute voix pour en apprécier toute l'allusive complexité. L'inquiétant courrier somme le Lord de se préparer au pire, voire de se supprimer proprement, puis décrit avec une odieuse volupté les diverses étapes de la décomposition à venir de son cadavre. Enfin, la conclusion nous laisse dans une perplexité d'autant plus facilement unanime que nous ne sommes que deux à la lire :

"Finie la vie de château,
Le faisan doré est plumé,
Sa gazelle l'attend à Gravestone,
Pour se nourrir de son cadavre."

Après une minute de recueillement involontaire, j'ose la première question.

- "Qu'en pensez-vous ?"
- "C'est beau. Il y a quelque chose de sublime et de poétique dans cette fin, vous ne trouvez pas ?"
- "Peut-être, mais ça ne doit pas être l'avis de Lord Alderson ! A propos, vous l'avez déjà rencontré ?"
- "Lord Alderson ? Bien sûr que non. J'attendais vos ordres, Inspecteur."

Je suis à la fois surpris et embarrassé par le ton révérencieux d'une si jolie subordonnée, et m'empresse de répliquer aussitôt.

- "Il faudra au moins s'appeler par nos prénoms... si, bien sûr, vous n'y voyez pas d'inconvénient particulier."
- "A vos ordres." répond-elle avec un sourire nettement plus détendu. "Je m'appelle Betty, et vous ?"
- "Donald. Donald Flag, pour vous servir."
- "Allons, n'inversons pas les rôles, s'il vous plaît. Qu'attendez-vous de moi, Donald ?"

Je rêve déjà de ne pas comprendre en m'éloignant prématurément de notre enquête. Mais la question, hélas, ne concerne que ma stratégie policière.

- "Eh bien, la première chose à faire est de rencontrer la victime avant qu'elle ne puisse plus parler ! Je suppose que nous avons une voiture de fonction, n'est-ce pas ?"
- "Oui, une Austin Allegro. Mais c'est en principe moi qui la conduis. Cela ne vous ennuie pas, j'espère ?"
- "Pas le moins du monde, Betty. Rassurez-vous, je ne suis pas le genre d'homme à croire que les femmes conduisent mal !"
- "Tant mieux." Fait-elle aussitôt rassurée. "Dans ce cas, nous pouvons y aller."
- "Où cela ? Chez Lord Alderson ? Mais voyons, il faut d'abord s'annoncer et prendre rendez-vous pour déranger quelqu'un d'aussi important !"
- "Je sais, Donald. Mais c'est déjà fait. Je me doutais que vous seriez aussi pressé que moi de commencer cette enquête !"

Je la félicite de cette intuition toute féminine et lui confie combien j'apprécie qu'elle prenne d'aussi bonnes initiatives, tandis que nous rejoignons notre Austin dans la cour intérieure du commissariat. Comme nous arrivons à hauteur de la voiture, je remarque qu'elle est sérieusement défoncée du côté gauche et ne peux cacher une surprise que l'appréhension assombrit déjà.

- "Oui, c'est moi." lance-t-elle comme pour éviter une question. "Mais que voulez-vous, ça peut arriver à tout le monde."
- "Bien sûr. D'ailleurs, on ne vous confierait pas une voiture de police si ça vous arrivait trop souvent !"

15

Cette supposition a au moins le mérite de me rassurer, autant que de sauver le Sergent Beetle de son petit embarras. Et pourtant ! Je ne sais pas encore combien sa réputation de chauffard amuse tous nos collègues, ni quels efforts surhumains de persuasion elle a dû déployer pour obtenir un quatrième sursis après de multiples accrochages, certes jamais graves, mais toujours spectaculaires. D'ailleurs, par un hasard qui n'a rien d'extraordinaire, on lui a octroyé cette fois-ci le plus vieux véhicule de la police du Comté. Une fois partis à bord de cette relique automobile, je dois admettre que ma première enquête comporte des risques inattendus, tant j'aurais préféré d'autres dangers à ceux de la circulation routière. Elle a une manière très personnelle de transformer le moindre trajet en une course d'obstacles, et de freiner avec un retard angoissant doublé d'une brutalité qui éprouve chaque fois nos ceintures de sécurité. De plus, comme elle est devenue très susceptible à ce sujet, je comprends qu'il me faudra sans doute plusieurs semaines pour lui inculquer avec diplomatie quelques bribes de civisme routier. Malgré tout, nous arrivons à bon port, après vingt-cinq longues minutes d'une chance de miraculé.

- "C'est ici !" affirme-t-elle en frôlant un portail pourtant grand ouvert.

Nous suivons alors une magnifique allée bordée de peupliers élancés que le vent agite comme des pinceaux fous sur un ciel nuageux et tourmenté. Plus loin, devant nous, le manoir d'Aldersea dévoile peu à peu une luxueuse architecture embellie de tourelles et de pignons, de croisées et de balcons, ainsi que d'une imposante terrasse d'où s'écoule un double escalier à la symétrie majestueuse. La première marche de ce dernier complète un freinage trop tardif et le crissement du pare-chocs contre la pierre de taille fait magiquement ouvrir la porte du petit château par un serviteur franchement étonné.

16

- "Ah, c'est la police !" lance-t-il rassuré, en descendant précipitamment à notre rencontre. "Mon Lord sera bien content de vous voir. Si vous voulez bien me suivre…"

L'instant d'après, nous pénétrons dans l'impressionnante demeure à la suite du fidèle serviteur qui nous fait traverser la vaste bâtisse, puis nous demande de patienter quelques instants dans le salon d'honneur. Recueillis en un silence respectueux, nous observons combien le luxe intérieur confirme les apparences de l'architecture extérieure. On dirait un véritable musée, tant les objets de valeur, les meubles et les collections de famille témoignent de générations de richesse et de grandeur. Je m'arrête devant un portrait d'ancêtre pour questionner innocemment Betty.

- "Vous aimez ce genre de peinture ?"
- "Non." fait-elle sans appel, sur une moue révélatrice.
- "Vous préférez peut-être les œuvres de Ted Grigson ?"
- "Non, je n'aime pas la peinture. Je préfère ce genre de tableau mouvant." ajoute-t-elle en m'invitant à savourer le panorama qu'offre une haute croisée.

Je m'approche de mon Sergent, et dois reconnaître qu'elle n'a pas tort. Nous sommes en face d'une mer agitée dans laquelle plonge une côte rocheuse sculptée par le chaos des falaises. Un défilé de nuages ajoute des jeux d'ombre et de lumière sur la surface écumante d'une eau sans cesse hésitante entre le vert et le gris. Quelques mouettes courageuses tournoient au-dessus d'une plage minuscule, tandis que les vagues déferlent avec la vaine prétention de grimper jusqu'au vieux manoir. J'observe tantôt ce paysage de la baie d'Aldersea, qu'une brume nous cache par endroit, tantôt l'effet magique de ces éléments mouvementés sur le visage rêveur du Sergent Beetle. Et je commence à me demander lequel des deux spectacles est le plus fascinant lorsque des pas

17

résonnent dans le couloir voûté, m'obligeant à clore une parenthèse que je prolongerais volontiers.

Lord Alderson nous rejoint aussitôt par une porte qui paraît étroite tant les deux murs qui l'encadrent l'écrasent de leur épaisseur. C'est un homme plutôt grand et fort dont l'importance est visible au premier coup d'œil. Ses cheveux grisonnants trahissent une bonne cinquantaine d'années d'aisance aristocratique, tandis que son nez aquilin a le malheur de ressembler à ceux de ses ancêtres, dont les portraits lourdement encadrés ornent le grand salon. Il esquisse une ombre de sourire à la vue du Sergent Beetle, puis s'avance et engage la conversation sur le ton le plus courtois. Enfin, une fois les présentations d'usage dûment accomplies, Lord Alderson ne peut nous cacher plus longtemps sa surprise.

- "Sans vouloir vous offenser, je m'attendais à rencontrer un policier plus âgé que Monsieur Flag, mais moins charmant que Mademoiselle Beetle."
- "Rassurez-vous, Monsieur, ceci compensera cela, d'autant qu'à nous deux nous avons presque cinquante ans !" puis-je répliquer en composant mon assurance sur l'humour, seul matériau disponible à tout Anglais en difficulté. "Le Sergent Beetle et moi-même avons longuement étudié votre dossier, mais nous souhaiterions l'épaissir sensiblement grâce à cette première entrevue."
- "Bien sûr. Je suis à votre entière disposition, Inspecteur."

Fort de cette autorisation, qui rend aussitôt mon attitude moins factice, je commence par des questions de routine, tandis que Betty observe mon interlocuteur en prenant des notes au fil de notre conversation.

- "Je... je crois que vous vivez seul, n'est-ce pas ?"
- "Oui, Monsieur. J'ai le malheur d'être veuf depuis plus de sept ans. Ma femme s'appelait Mary von Knaben."

Le malheur en question semble des plus relatifs, s'il faut en croire le ton détaché, voire indifférent, de la réponse.

- "Veuillez me pardonner si je suis indiscret, mais vous ne semblez pas vraiment regretter votre épouse..."

Le Lord paraît s'étonner, et je crains un instant qu'il puisse s'effaroucher. Mais il se contente d'hésiter avant de se faire plus précis.

- "C'est vrai. En fait, cela vous choquera peut-être, Inspecteur, mais j'ai une âme de célibataire endurci. Bien sûr, j'ai été très peiné par sa disparition, il y a sept ans déjà. Mais en toute honnêteté, nous nous aimions plus par bonne éducation que par amour, si vous voyez ce que je veux dire."
- "Mmm... oui. Dois-je comprendre que c'était un mariage... de raison ?"
- "Exactement, du moins en ce qui me concerne. En fait, ce sont mes parents qui ont tenu à nous marier par respect des traditions, et surtout pour assurer une descendance à la lignée des Alderson."
- "Je vois. Et donc...ce mariage a-t-il assuré cette descendance ?"

Le Lord ne semble pas comprendre, me poussant à insister.

- "Je veux dire, avez-vous des enfants ?"

Son visage s'assombrit aussitôt, et son embarras soudain nous gagne par une étrange contagion. Puis il reprend son souffle, comme si la réponse supposait un effort douloureux.

- "J'ai, enfin... j'ai eu un fils unique."
- "Vous voulez dire que, lui aussi... ?"
- "Non. Je ne crois pas... en fait, heu, je ne sais pas."

Devant une réponse aussi déroutante de la part d'un père, je partage mon étonnement en croisant le regard de Betty avant de poursuivre.

- "Que faut-il comprendre, exactement ?"
- "Oh ! Ce n'est pourtant pas un mystère pour les gens du pays. Mon fils unique a claqué la porte au lendemain de ses dix-neuf ans, et je ne l'ai jamais revu depuis."
- "Et quel âge a-t-il maintenant ?"
- "Il doit avoir vingt-six ans ces jours-ci."
- "Tiens ! On dirait que cela coïncide avec le décès de votre épouse..."
- "C'est vrai. La mort de sa mère a peut-être précipité son départ, quoique, de toute façon, il était inévitable."
- "Que voulez-vous dire par là ?"
- "Je veux dire que notre vie de famille était fichue d'avance." réplique-t-il en soulignant son dépit d'un geste de lassitude. "Et c'est bien fait pour notre race d'aristocrates."

Un tel dégoût de soi-même me semble impensable chez un homme d'une telle notoriété et dont le manoir prouve qu'il a tout pour être heureux.

- "Comment un père peut-il dire cela ?"

- "Je vous ai déjà dit que je n'étais pas fait pour le
  mariage. Dans ces conditions, je n'étais pas plus fait
  pour la paternité ! C'est pourtant simple, Inspecteur.
  Les obligations de notre rang social ont pourri notre vie
  de famille, qu'un mariage forcé avait déjà rendu
  presque inexistante. Voilà sans doute pourquoi nous
  avons été incapables d'élever ce garçon, et à plus forte
  raison, de lui transmettre une fierté que nous n'avons
  jamais eue nous-même."
- "Je ne savais pas que les châtelains pouvaient être si
  malheureux !" dis-je afin de détendre une atmosphère
  que l'amertume empoisonne peu à peu.
- "Et pourtant, Monsieur Flag, c'est le destin ridicule de
  la plupart des familles nobles d'aujourd'hui. Nous ne
  sommes plus que des gardiens de musées bénévoles.
  Notre vie est au service de notre fortune et nous
  n'existons que pour perpétuer un héritage
  financièrement ruineux et moralement dégénéré."

Déjà habitué au pessimisme de Lord Alderson, j'approuve
poliment cette description sans appel d'une aristocratie décadente,
tout en me disant qu'apparemment, il doit en avoir sa part de
responsabilité. Visiblement, aux yeux d'un tel personnage, les
seuls heureux de la Terre doivent cumuler les trois conditions de
l'orphelin, du célibataire et de l'impuissant.

- "Et où habite votre fils, à l'heure actuelle ?"
- "Je n'en ai pas la moindre idée, si ce n'est qu'il est sans
  doute en France. Il a quitté le manoir pour vivre en
  concubinage avec une parisienne anarchiste et
  libertaire. Depuis lors, nous n'avons jamais eu le
  moindre contact. D'ailleurs, je ne souhaite pas le revoir,
  et je sais que c'est réciproque."

- "Bien. Nous ferons ce qu'il faudra pour retrouver sa trace, si nécessaire. En dehors de votre fils... au fait... comment s'appelle-t-il ?"
- "Christopher." avoue-t-il du bout des lèvres, comme si ces trois syllabes lui brûlaient la langue.
- "A part Christopher, donc, quels sont vos proches parents ?"
- "Ma foi, la liste est plutôt courte, puisque notre glorieuse lignée est pratiquement éteinte. C'est d'ailleurs pour cela qu'il fallait tant que je me marie ! Cela se résume à mon oncle Harold Gaffney, qui n'est qu'un mort en sursis depuis deux semaines, Edward Spencer, mon plus proche cousin, mais que je ne supporte plus depuis longtemps, et surtout ma sœur et mon beau-frère, Rosemary et Henry Fleet, qui sont les êtres les plus chers que j'aie au monde."
- "Pourriez-vous me donner les coordonnées de toutes ces personnes, afin que nous puissions les rencontrer ?"
- "Eh bien, mon oncle Harold habite au Domaine de Chorley Wood, à environ trente-cinq kilomètres d'ici. Jusqu'à ces derniers temps, il était à l'hôpital d'Aldersea, mais on l'a autorisé à retourner chez lui pour y mourir tranquillement. Si vous tenez vraiment à le rencontrer, je vous conseille de ne pas attendre : les médecins lui donnent moins d'une quinzaine à vivre."
- "Je comprends. Et quelle est la situation personnelle de cet oncle Harold ?"
- "C'est un très riche industriel, une sorte de *self made man* local qui possède plusieurs domaines dans la plaine de Cropwood, ainsi que des imprimeries dans six ou sept comtés de l'Ouest."
- "Eh bien, voilà qui fera d'heureux héritiers !"
- "Vous ne croyez pas si bien dire, Inspecteur ! Figurez-vous que j'en suis. En fait, Harold est veuf et n'a jamais

eu d'enfant. Voilà pourquoi je suis l'un de ses héritiers, au même titre que Rosemary et le cousin Edward, dont je vous parlais à l'instant. "

- "Intéressant. Et ce cousin Edward, qui est-il au juste ? "
- "Je crois qu'il est comptable, ou quelque chose comme cela, à Mapletown, dans le comté voisin."

La brièveté de la réponse et l'air pincé qui l'accompagne en disent long sur les rapports entre les deux cousins. Mais le Lord comprend aussitôt qu'il faut préciser, et ajoute pour couper court à d'autres questions :

- "Je crois que vous trouverez facilement sa trace en vous renseignant à Mapletown, mais nous sommes en si mauvais termes que je n'ai plus son adresse depuis des années."
- "Il nous serait peut-être utile de savoir ce qui vous divise ?"
- "Tout, Inspecteur ! Absolument tout ! Depuis les opinions politiques jusqu'aux goûts artistiques, en passant par nos loisirs, et même par nos femmes, qui sont allées jusqu'à se griffer en public ! Il a la maniaquerie maladive d'un gratte-papier et l'étroitesse d'esprit d'un inquisiteur du Moyen Age."
- "Bien. Malgré ce portrait peu encourageant, il faudra que je le rencontre dans le cadre de cette enquête. J'espère que vous n'y voyez pas d'inconvénient ?"
- "Aucunement, Inspecteur. Simplement, je vous conseille de relativiser ce qu'il peut dire à mon propos. Il est encore moins objectif que moi !"
- "Soit. Soyez sûr que j'en tiendrai compte. Et pour en venir à votre sœur, où puis-je la trouver ?"
- "Elle vit avec son mari, Henry Fleet, à Mapletown également. Mais ils ne voient jamais le cousin Edward

qui s'est définitivement brouillé avec tout le clan d'Aldersea. Eux, au moins, font un couple formidable. Ils ont une fillette de onze ans que j'adore, et qui m'adore. En réalité je joue un peu le rôle du grand-père qu'elle n'a jamais eu."

- "Et où puis-je les rencontrer ?"
- "Ils habitent au 24 Maple Road. D'ailleurs, Henry est architecte et son cabinet est au rez-de-chaussée de leur cottage. Ils viennent assez régulièrement à Aldersea, en week-end ou en vacances, et ils séjournent au manoir. Ce sont les meilleurs moments de ma vie présente, et, avec eux, je retrouve un peu le goût de la chasse ou de la pêche promenade."
- "Ce sont là vos loisirs favoris ?"
- "Oui. A condition que je ne sois pas seul. Sinon, je passe l'essentiel de mon temps à gérer mon domaine de Summerfield et à superviser l'entretien de ce vieux manoir."
- "Très bien. Je vous remercie pour tous ces détails qui nous permettront de mieux situer votre problème. A ce propos, que pensez-vous de ces trois lettres anonymes ?"
- "Je n'aime pas du tout ces procédés, et pour tout vous dire, je crains le pire."
- "Avez-vous la moindre idée de leur provenance éventuelle ?"
- "Non, malheureusement. Croyez bien que j'aurais réglé cela sans la police si j'avais su à quoi m'en tenir."
- "Sans doute. Mais vous devez donc avoir quelque ennemi…"
- "Qui n'en a pas, Inspecteur ! Même si elle n'est que relative, la grandeur de nos familles suscite plus de jalousie que d'admiration !"

- "Vous avez sans doute raison. Mais peut-être avez-vous une vague idée, sinon de la personne qui vous nuit, du moins de son mobile ?"
- "Hélas non ! Rien de précis en tout cas. A vrai dire, je suis dans l'incertitude la plus totale, et c'est là l'aspect le plus insupportable de la chose. C'est comme une insulte ou une provocation à laquelle je n'ai aucun moyen de répondre."
- "Avez-vous regardé de près le texte de chaque lettre ?"
- "Oui, naturellement. Mais je ne comprends pas le dixième de leurs messages, si ce n'est la description ô combien réaliste de ma prochaine décomposition !"
- "Justement, dans cette même lettre, comment comprenez-vous les quatre vers étranges de la conclusion ?"

A nouveau, Lord Alderson fait mine de ne pas comprendre, mais d'une manière si gauche que la simulation est évidente. Aussi, dois-je sortir la lettre en question du dossier que je tiens sous mon bras, afin de lui rafraîchir la mémoire.

"Finie la vie de château,
Le faisan doré est plumé,
Sa gazelle l'attend à Gravestone
Pour se nourrir de son cadavre."

- "A mon avis, il doit y avoir une allusion, même si elle m'échappe totalement," fais-je avec insistance. "Je crois comprendre que quelque chose vous embarrasse, mais sans votre aide, nous ne pourrons pas avancer d'un pouce dans cette enquête, comprenez-vous ?"

Lord Alderson hésite, visiblement embarrassé, tandis que Betty et moi semblons communier dans un silence inquisiteur, jusqu'à l'instant où il se décide enfin à briser notre grève par un aveu.

- "Oui." soupire-t-il bruyamment. "Cette partie du texte est, en effet, pleine de sous-entendus."
- "A la bonne heure ! Voyons cela mot par mot. "La vie de château", je suppose, fait allusion à votre manoir, n'est-ce pas ?"
- "Certainement."
- "Bien. Et le "faisan doré", cela vous dit quelque chose ?"
- "Oui. C'est moi. C'est mon surnom. Ou plutôt, c'était mon surnom avant la mort de ma femme, lorsque je remportais des prix à certains concours de chasse au faisan. On m'a donné ce surnom ridicule le jour où j'ai gagné ce trophée." précise-t-il en montrant, sur la cheminée du salon, un imposant volatile de bronze.
- "Et pourquoi le faisan serait-il plumé ?"
- "Parce que tout le monde sait que j'ai des difficultés financières depuis plusieurs années. L'entretien de ce manoir coûte une fortune, et le domaine de Summerfield ne rapporte plus assez. De plus, sur les conseils du cousin Edward, j'avais placé mon argent dans des affaires catastrophiques peu avant mon mariage avec Mary."
- "Je vois… et la gazelle ?"
- "C'est elle, justement, que j'appelais ainsi au début de notre mariage, quand le bonheur paraissait encore possible malgré tout. Quant à Gravestone, c'est le cimetière où elle est enterrée, à mi-chemin entre Aldersea et Mapletown."
- "Voilà qui est nettement plus clair. Mais pourquoi la gazelle devrait-elle se nourrir du cadavre du faisan doré ?"

- "Soi-disant pour se venger."
- "Se venger sur vous ? Lui auriez-vous fait du tort ?"
- "Non, aucun tort en fait, mais je sais bien à quoi cette vengeance fait allusion..."
- "Je vous écoute."
- "Ma femme est morte par accident, lors d'une chasse sur les terres d'un ami. Et malgré l'enquête qui a suivi, et qui a clairement démontré que ce n'était qu'un malheureux accident, certaines mauvaises langues ont suscité et entretenu la rumeur d'un meurtre ! Vous ne pouvez pas imaginer le mal que cela nous a fait dans de si pénibles circonstances, ni le traumatisme que mon fils a subi à cause de ces médisances."
- "Je comprends très bien. De toute façon, c'est une affaire classée depuis longtemps. Mais cela prouve au moins que le corbeau connaît très bien votre passé."
- "Détrompez-vous, Inspecteur. Cela ne veut pas dire grand-chose. Les gens aiment tout savoir sur ceux qui sont au premier rang de la vie locale, et quand ils n'en savent pas assez, ils inventent le reste ! Les commérages font partie intégrante de l'héritage de tout aristocrate."
- "Sans doute, sans doute..." dis-je poliment en remettant la lettre dans le dossier. "Quoi qu'il en soit, je crois que nous nous en tiendrons là pour aujourd'hui. Je vous remercie pour toutes ces précisions, qui nous permettent d'ores et déjà d'envisager plusieurs pistes possibles."
- "Vous pensez donc pouvoir m'aider ?"
- "Naturellement ! Nous sommes là pour ça, même si cela doit prendre plusieurs semaines, comme c'est souvent le cas."
- "Et que dois-je faire, en attendant ?"
- "D'abord, il ne faut pas vous inquiéter outre mesure. Beaucoup de corbeaux s'amusent à faire peur pendant

27

quelques semaines et se lassent eux-mêmes de leur petit jeu."

- "Mais que dois-je faire si je reçois d'autres menaces ?"
- "Nous en faire part aussitôt, et réfléchir au moindre indice utile que vous pourriez détecter. Si le corbeau ne veut pas se répéter, il est obligé d'en dire un peu plus dans chaque lettre, ce qui finira sûrement par le trahir tôt ou tard."
- "Cela paraît logique, en effet, et je suis réconforté de vous voir si optimiste ! En tout cas, soyez certain que je ferai de mon mieux pour faciliter votre enquête. Je donnerai les instructions nécessaires pour que vous puissiez avoir accès au manoir à votre guise, ou même interroger mes serviteurs."
- "Nous vous en remercions d'avance, Monsieur. Enfin, au lieu de vous faire du souci, essayez de réfléchir calmement à vos ennemis possibles, ainsi qu'aux mobiles correspondants d'ici notre prochaine rencontre. On ne sait jamais. Cela pourrait nous permettre de préciser quelque hypothèse de travail sans être obligés de miser sur une maladresse du corbeau."
- "Entendu, Inspecteur. J'attends de vos nouvelles, sauf si je reçois un nouveau message." conclut-il en se retournant pour s'adresser au serviteur qu'il vient de sonner. "James, vous pouvez reconduire Monsieur l'Inspecteur et Mademoiselle."

## II

Peu après, nerveusement calé sur le siège du passager, je subis un retour aussi éprouvant que l'aller et constate avec effroi que, quelque soit le sens de ses trajets, le Sergent Beetle utilise peu ou prou toute la largeur de la route. A dire vrai, le plus inquiétant est son désir de mener l'enquête au même rythme que son Allegro, comme si le nom même de notre voiture impliquait l'exécution *vivace* de notre première partition policière. Ainsi, tandis que je lui sers de radar en repérant les obstacles imprévus que le hasard semble concentrer sur notre parcours, elle se plaît à commenter notre fraîche rencontre avec Lord Alderson. Se rendant compte que je suis beaucoup trop crispé pour subir ses questions ou réfléchir sur une enquête que ma survie chancelante rend aléatoire et secondaire, elle a la délicatesse de bavarder seule et de répondre pour moi. Mais je reste résolument indifférent aux hypothèses rocambolesques que sa jeune intuition échafaude au fil de mes sueurs froides, et prends la ferme résolution de ne plus jamais être son passager, dussé-je démissionner de la Police d'Aldersea et accepter l'emploi le plus végétatif d'un bureau de poste de province. Pourtant, je change d'avis chaque fois qu'une ligne droite me permet de relâcher quelque peu mon attention pour la fixer, l'espace d'un instant, sur le charmant profil de ma collègue. La décontraction et la tranquille insouciance qui émanent de sa personne me réconfortent aussitôt en me donnant la force d'affronter virages et intersections. Si bien qu'en revoyant notre commissariat avec un plaisir incrédule, je décide de tout faire pour préserver à la fois ma fougueuse santé et l'embryon d'une amitié rarement possible dans notre périlleux métier.

Notre arrivée coïncidant fort heureusement avec l'heure du déjeuner, nous pouvons nous restaurer à la cantine du commissariat central. Visiblement, Betty semble plus difficile en diététique qu'en matière de conduite automobile et évite judicieusement tous les aliments connus pour leurs effets rebondis sur les silhouettes féminines. Tout en acceptant avec appétit une piètre nourriture que les émotions de la route me rendent savoureuse, j'approuve poliment les explications mensongères qu'elle invente pour se persuader de moins manger, sinon en qualité, du moins en quantité. Je profite aussi des longues mastications, qui sont censées remplacer les inutiles calories, pour lui donner enfin mes impressions personnelles sur l'affaire Alderson. Puis, sitôt le repas terminé, nous devons décider de la marche à suivre pour mener à bien nos investigations. Nous convenons sans peine qu'il nous faut plus de précisions sur toutes les personnes mentionnées par notre protégé, ne serait-ce que pour vérifier ses dires, dont maintes allusions échappent encore à notre entendement.

Naturellement, la santé pour le moins précaire du vieil oncle Harold donne à sa rencontre une absolue priorité. Aussi dois-je décider de lui rendre visite au plus tôt, tout en demandant au Sergent Beetle de rester au Q.G. pour organiser une collecte de renseignements sur la personne de Christopher Alderson. Devinant dans sa surprise qu'elle se demande comment procéder à une telle investigation, je préfère lui cacher mon incapacité en la matière et remplace le conseil qu'elle attend par un compliment anticipé dont l'effet me libère aussitôt de toute précision embarrassante. Elle ne voit aucun inconvénient à me céder les clés de l'Allegro, mais les recommandations de prudence qu'elle croit bon d'ajouter me font comprendre, avec une peur rétrospective accrue, que j'étais optimiste en prenant son inconscience suicidaire pour une inexpérience temporaire.

Harold Gaffney, le richissime industriel de la famille, attend paisiblement la mort dans son domaine de Chorley Wood, entouré d'une cour médicale dont les deux médecins et les trois infirmières prétendent retarder un départ inexorablement prochain. Le résultat qui m'apparaît lorsque je pénètre dans sa chambre semble en tout point confirmer les confidences de Lord Alderson. Condamné par sa longue maladie, affaibli par un alitement prolongé et alimenté sous perfusion, le squelette en pyjama qui me reçoit me fait craindre un instant d'être arrivé trop tard. Mais à ma grande surprise, sa conscience est si intacte que je n'ai même pas besoin de répéter le but de ma visite, et le regard vif et perçant qui concentre tout ce qui lui reste de vie ne perd pas un seul de mes gestes, décelant sur mon visage le moindre trait de gêne ou de compassion. Malheureusement, ses mots sont parcimonieusement comptés et le dialogue que je souhaitais devient par la force des choses un monologue décousu, tantôt intelligible, tantôt indissociable des râles insondables du trépas. Dans de telles conditions, il ne faut pas s'attendre à ce que cette entrevue soit fructueuse pour la cause de Lord Alderson. En fait, ce dernier ne semble intéresser en aucune manière le candidat à l'Eternité que je contemple malgré moi. L'esprit déjà libéré de toute entrave matérielle, le vieillard ne parle que de son départ pour l'Inconnu et ne cache pas sa fierté d'avoir réglé sa mort, comme sa vie, dans les moindres détails.

Entre deux accès de douleur, ponctués par de violentes quintes de toux aux crachements indescriptibles, il a la force de me confier que j'en saurai plus en interrogeant son notaire, Maître

Page, avec lequel il a réglé son imposante succession. Enfin, alors que je lui parle des lettres anonymes qui troublent son neveu, il s'avoue totalement incapable de m'aider et ajoute que le seul courrier qu'il prévoit d'adresser à Lord Alderson n'est autre que son propre faire-part de décès. Il s'offre même l'orgueilleux plaisir de me montrer le faire-part en question, dont plusieurs piles se trouvent disposées à portée de sa main. Afin de céder à son insistance, je parcours poliment l'un de ces déprimants messages et constate avec stupéfaction qu'il comporte déjà, non seulement la date du décès à venir, mais encore celle de l'enterrement. Mon émotion l'amuse, au point qu'un sourire fugitif rajeunit son visage décharné, tandis qu'il m'avoue que c'est là son tout dernier pari. Il se sait capable de se maintenir en vie pendant quelques jours encore, afin de faire coïncider l'expiration de son temps sur terre avec l'anniversaire de sa lointaine naissance, refermant ainsi la boucle parfaite d'une vie harmonieusement maîtrisée du premier au dernier souffle. Mais il n'a guère le temps de profiter de mon admiration, car une nouvelle fatigue le fait sombrer dans une sorte de semi coma, m'obligeant à me retirer sans avoir le loisir de remercier mon hôte.

Au moment de quitter la demeure de Harold Gaffney, je prends la précaution de demander l'adresse de Maître Page au serviteur qui me raccompagne, car je souhaite rencontrer le notaire dès mon retour à Aldersea. Malheureusement, une fois arrivé à l'adresse indiquée, je ne trouve que sa secrétaire et dois revenir à la charge le lendemain matin pour solliciter un entretien entre deux rendez-vous. Enfin introduit dans le bureau feutré de Maître Page, je découvre un petit bonhomme rose, gras et chauve, dont les joues ballonnées semblent dévorées par des favoris aussi touffus que grisonnants. Des lunettes sans branches tiennent comme par magie, littéralement plantées dans la chair de son nez aux narines dilatées, devant une paire de petits yeux rapprochés qu'il faut deviner derrière la fumée montante d'un énorme cigare.

Il ne me consacre qu'une trop courte demi-heure au cours de laquelle il me confirme l'importance de l'héritage que Harold Gaffney a prévu de léguer après sa mort. Mais comme il tient obstinément à respecter le secret professionnel, il ne peut rien affirmer de précis avant l'ouverture officielle du testament, prévue, selon le bon vouloir de son client, pour le lendemain du jour de l'enterrement. Devant l'intégrité bornée d'une telle conscience professionnelle, je suis obligé de poser mes questions sous forme d'affirmations en devinettes qu'il se borne à confirmer ou non d'un simple signe de la tête. Ainsi, en interprétant les réponses binaires du double menton qui déborde sur son nœud de cravate, je peux établir que l'héritage en question compte en fait six domaines en fermage, quatre imprimeries occupant en tout deux bonnes centaines d'employés, ainsi que trois immeubles de rapport dans le centre d'Aldersea, sans compter ce que les limites de mon imagination m'empêchent de deviner. Je lui demande également s'il connaît personnellement Lord Alderson, mais il a le regret sincère de m'avouer que celui-ci n'est plus son client depuis sa dispute avec Edward Spencer. Comprenant que je désire quelques précisions sur cette brouille entre cousins, il ajoute sèchement tant de critiques à l'encontre du Lord que je comprends aussitôt qu'il a en la personne de Monsieur Spencer l'un de ses plus fidèles clients.

En effet, le portrait qu'il brosse du cousin Edward est aux antipodes de celui que j'avais en tête. Tout en l'écoutant développer son explication de la haine réciproque qui divise les deux respectables parents, j'essaie de relativiser les multiples qualités qu'il prête à son cher client, dans la mesure où je trouve qu'il caricature largement la description d'un Lord que j'ai l'honneur de connaître et le devoir de protéger. J'apprends néanmoins l'origine probable de leur différend financier. Avant le mariage de Lord Alderson, les deux cousins étaient très proches, ayant pour ainsi dire grandi au sein d'un clan familial associant la

33

richesse de la bourgeoisie à la grandeur de l'aristocratie. Mais l'heureux mélange devint détonant lorsque les deux cousins prirent l'habitude de jouer en bourse une partie croissante de leurs fortunes respectives. Car celui qui était le moins riche au départ gagnait systématiquement au jeu grisant de la spéculation, tandis que Lord Alderson voyait fondre ses valeurs comme neige au soleil. Et puisque le cousin Edward était en principe responsable de leurs choix stratégiques, ainsi que des conseils prodigués à son noble parent, ce dernier se considéra bientôt comme l'innocente victime d'une ignoble machination. Et pour comble de malchance, ces actionnaires inégaux épousèrent la même année des femmes aux caractères incompatibles dont les cinglantes altercations publiques enterrèrent promptement une amitié déjà moribonde. Je fais toutefois remarquer que Lord Alderson avait peut-être quelque raison de s'étonner de sa malchance dans la mesure où l'aspect systématique de ses déboires boursiers pouvait lui sembler plus troublant que fortuit. Mais pour défendre son cher client, Maître Page a une explication rationnelle et rassurante qu'il me fait aussitôt connaître sur le ton chuchoté d'une rare confidence. Lord Alderson n'était pas aussi doué que son cousin Edward et n'avait donc pas le flair requis pour spéculer sur un marché aussi capricieux et intuitif que celui des valeurs boursières. A en croire le sérieux notaire, la matière grise ne fait pas partie de l'héritage dans l'illustre lignée des Alderson, et le Lord a eu grand tort de s'entêter à imiter son cousin en croyant que l'intelligence puisse s'acquérir par simple contagion. Je suis sur le point de poser une question supplémentaire dans l'espoir d'ébranler la tranquille conclusion de Maître Page, lorsqu'il me fait remarquer qu'une cliente fortunée a pris rendez-vous et attend son tour depuis près de vingt minutes, ce qu'elle fait savoir par de nombreux signes d'impatience à l'adresse de la secrétaire. Mais la frustration de cette mise à la porte courtoise s'efface bien vite devant l'impatience qui m'envahit à l'idée de rejoindre mon Sergent préféré.

Elle m'attend dans la bibliothèque de notre ruche grouillante d'uniformes, suivant à la lettre les instructions téléphoniques que je lui ai données entre temps. Sitôt saluée, je la mets à l'épreuve de ma curiosité.

- "Alors, Sergent, avez-vous des nouvelles de Christopher Alderson ?"
- "Oui et non." répond-elle, en échappant une moue d'insatisfaction. "Cela n'a pas été facile, comme vous pouvez l'imaginer, mais j'ai déjà des éléments de réponse à votre question."

Elle ouvre sa sacoche et en sort un petit carnet de chez W.H. Smith sur lequel elle a soigneusement pris des notes de bonne écolière.

- "Savez-vous que j'ai dû téléphoner à douze services différents, dont trois administrations françaises, avant de pouvoir localiser notre homme..."
- "Et pour quel résultat ?"
- "Pour trouver enfin son adresse à Paris. Les services français de la police et des douanes confirment que le ressortissant britannique Christopher Alderson habite au 16 rue du Bec-Rouge, dans le Quartier Latin. La préfecture de police a même dépêché un agent pour vérifier l'adresse, et la boîte aux lettres montre qu'il habite au dernier étage, probablement dans une mansarde aménagée, avec une fille apparemment française : Sophie Dubourt-Lavoye."
- "Et sait-on ce qu'ils font tous les deux à Paris ?"
- "L'agent qui est allé vérifier la boîte aux lettres est monté pour essayer de les rencontrer, mais il n'y avait personne. Il a seulement pu interroger un voisin de palier ainsi que la concierge. D'après eux, la fille est

35

actrice, tantôt dans une petite troupe théâtrale itinérante, tantôt dans un café-théâtre du Quartier Latin : le Caveau Bleu."

- "Et Christopher ?"
- "Lui serait barman dans un café de la rue du Bec-Rouge, sauf quand il suit la troupe itinérante, toujours d'après la concierge."
- "Est-ce que la police française a vérifié tout cela ?"
- "Ils ont promis de le faire dès que possible. Ils devraient être en mesure de nous rappeler d'ici deux ou trois jours."
- "Bien. Ce qu'il faut savoir au plus tôt, c'est si oui ou non les deux tourtereaux sont à Paris."
- "Vous comptez joindre Christopher au sujet de son père ?"
- "Surtout pas ! Je veux seulement m'assurer de sa présence à Paris. D'ailleurs, tout compte fait, vous devriez rappeler la police française et leur demander une discrétion absolue. S'il se trouve que Christopher est le corbeau, il ne faut pas qu'il se sente surveillé en quoi que ce soit."
- "Mais si c'était lui le corbeau, il serait obligatoirement en Angleterre, n'est-ce pas ?"
- "Peut-être… ou peut-être pas. On peut toujours avoir un complice de l'autre côté du Channel. En tout cas, tout est possible, jusqu'à preuve du contraire. N'oubliez jamais cela, Betty : tant qu'aucune preuve n'est établie, tout le monde est un suspect en puissance !"

Au moment même où je prononce ces paroles dubitatives, l'interphone décati de la bibliothèque se met à grésiller frénétiquement à l'idée de transmettre un message, puis une voix métallique et presque inaudible annonce sans courtoisie qu'on me demande d'urgence au téléphone. Je rejoins aussitôt le plus proche combiné dont la carcasse vétuste et poussiéreuse se fond dans la grisaille délavée d'un coin mal éclairé de ce vaste entrepôt d'archives. La voix qui me cherche est celle de Lord Alderson, mais le ton est tellement différent de celui que j'ai remarqué et apprécié deux jours plus tôt que j'ai quelque difficulté à reconnaître le maître du domaine d'Aldersea.

- "Venez au manoir le plus tôt possible, Inspecteur. Il y a du nouveau."
- "Que se passe-t-il, Lord Alderson ?"
- "Je ne peux pas vous en dire plus au téléphone. Vous verrez sur place. Je vous attends."

Il raccroche précipitamment, tandis que je reste cloué par la surprise l'espace d'un instant. Qu'a-t-il pu se passer pour que Lord Alderson en perde sa traditionnelle courtoisie ? Je regagne la table où le Sergent Beetle m'attend et décide par réflexe de survie de profiter de son émoi pour lui laisser un choix impossible. Soit elle m'accompagne en tant que passagère, soit elle reste au commissariat pour contacter de nouveau la police française. Naturellement, sa curiosité toute féminine l'emporte largement au point qu'elle accepte sans broncher mon humiliante condition. Ainsi pouvons-nous rejoindre Lord Alderson au plus tôt, sans passer par l'hôpital, sur un trajet qui me paraît d'autant plus agréable que mon Sergent reste silencieux d'un bout à l'autre, affichant un air boudeur qui semble ruminer sa vengeance.

Lord Alderson fait les cent pas sur la terrasse de son manoir, tel une vigie guettant l'arrivée de secours inespérés. Sitôt notre Allegro soigneusement garée aux côtés d'une rutilante Jaguar blanche, il se précipite vers nous, trahissant la profondeur de son angoisse par la chaleur de son accueil. Fébrilement, il sort une enveloppe froissée de sa veste de velours vert et me la tend en expliquant enfin la gravité du moment.

- "J'ai reçu cette lettre hier, mais j'étais malheureusement absent, et ce qu'elle annonce s'est réalisé cette nuit."

Je déplie aussitôt l'inquiétant message et le lis à haute voix, afin d'éviter un torticolis au Sergent Beetle.

"Attention, vieux faisan :
Les chasseurs se rapprochent.
La flicaille est inutile,
L'heure est venue de payer.
La mort suivra de près les signes matériels."

- "Et que s'est-il passé de plus par rapport aux lettres précédentes ?"

Une crispation involontaire assombrit le visage du Lord qui répond dans un soupir de lassitude.

- "Suivez-moi jusqu'à la ferme, et vous verrez les signes matériels en question."

Nous suivons aussitôt notre guide énigmatique qui, tout en nous faisant contourner une des ailes de l'auguste manoir, daigne satisfaire enfin notre curiosité exacerbée.

- "Ils se sont attaqués à la ferme pendant la nuit, et quand Robert est arrivé ce matin, il était déjà trop tard. C'est ici." ajoute-t-il en nous montrant une étable qui semble partiellement enterrée contre le flanc de la colline.

Dans la vieille bâtisse, dont l'odeur de fumier chaud reste prisonnière sous les poutres massives d'un plafond trop bas, quatre belles vaches de race laitière gisent sur la paille, raidies par l'effet mortel d'un poison nocturne. A quelques mètres de là, le chien de Robert a apparemment subi le même sort dramatique. Quant au pauvre fermier, il se sent injustement responsable et ne cesse de se lamenter en marmonnant d'interminables invectives à l'adresse de "l'assassin". S'agissant d'animaux, je trouve le mot un peu fort, tant il me paraît pitoyable de commencer une carrière de policier avec des bovins pour victimes. Mais Lord Alderson ne l'entend pas de la même oreille et nous confie hâtivement sa conclusion personnelle.

- "Voilà les signes matériels, Inspecteur. Je sais maintenant le sort qui m'attend."

Le ton de sa voix est empreint d'angoisse et de défaitisme, à tel point que je n'ose relativiser le malheur agricole qui l'accable, ni le fossé qui peut séparer l'empoisonnement d'une vache du meurtre d'un être humain.

- "C'est Robert qui a découvert les vaches dans cet état, je suppose ?"
- "Oui. Ce matin, vers sept heures trente. C'est l'heure à laquelle il mène les vaches au pré. Il a d'abord cru à une maladie et a fait appeler le vétérinaire avant de me faire réveiller. Le Dr Palmer a tout de suite compris de quoi il s'agissait et m'a conseillé de vous appeler de toute urgence."
- "A-t-il une idée précise sur le poison utilisé ?"
- "Il est presque sûr qu'il s'agit de cyanure. Mais il préfère que vos services en fassent l'analyse."
- "Je comprends. Et Robert est le dernier à avoir vu les vaches vivantes, n'est-ce pas ?"

- "Oui, naturellement. Avec sa femme, ils ont terminé la traite vers dix heures du soir, comme c'est l'habitude en cette saison. Et tout était normal d'après eux."
- "Et les autres bêtes ?"
- "Elles sont au pré, avec l'autorisation du vétérinaire qui m'a assuré qu'elles sont en parfaite santé."
- "Bien." fais-je, sans trop savoir quelle question ajouter, cherchant une conclusion pour combler un silence dont je me sens responsable. "L'inconvénient, avec les vaches, c'est qu'il est impossible de les interroger."

Mais Lord Alderson n'est pas d'humeur à apprécier la moindre digression humoristique et préfère prendre congé de manière quelque peu abrupte.

- "Bon, je vous reverrai tout à l'heure au manoir. Je vous laisse faire votre enquête ici, en espérant que vous trouverez quelque indice." Puis il tourne les talons sans attendre la moindre réponse.

Après quelques instants de silence pendant lesquels je contemple le spectacle incongru du Sergent Beetle entre deux tas de viande inutilisable, je décide de réduire au strict minimum notre séjour dans la puanteur de l'étable.

- "Il faut à tout prix que nous rapportions un indice au manoir, et sans passer la journée dans cette odeur de fumier."
- "Ok. Cherchons ensemble. Mais nous ne sommes pas les premiers sur les lieux. Faut-il faire venir l'équipe du labo tout de suite ?"
- "Essayons d'abord de trouver quelque chose par nous-mêmes en cherchant la moindre trace suspecte."

Malheureusement pour nous, les traces de pas sont désespérément rares, car l'allée centrale est très bien entretenue, et la paille des litières a pu servir de tapis idéal à l'intrus nocturne. Aussi devons-nous observer le sol pendant un moment dont la longueur éprouve notre patience, à l'intérieur comme à l'extérieur du bâtiment, à la recherche d'un indice dont le principal intérêt sera de ne pas retourner bredouille au manoir.

- "Venez voir, Donald !" crie Betty sur un ton victorieux, après une interminable demi-heure de vaine inspection.

Je m'approche en essayant de deviner ce que l'obscurité me cache, consterné de voir Betty si fière d'avoir découvert une imposante bouse de vache, dont la molle consistance a parfaitement photographié la trace d'une semelle. Je lui donne aussitôt mon impression.

- "Apparemment, c'est une chaussure de ville. Qu'en pensez-vous ?"
- "Je crois plutôt que c'est une chaussure de tennis. Regardez : le talon n'est presque pas marqué, et chaque bout dessine une sorte de bourrelet."
- "Vous avez raison. Allez me chercher Robert, voulez-vous... je crois qu'il est à l'extérieur."

Pendant qu'elle cherche le fermier du manoir, je fais quelques pas supplémentaires dans l'étable et me rapproche machinalement du chien mort. En retournant son cadavre déjà passablement raidi d'un coup de pied désabusé, je remarque sans peine qu'il n'a pas été empoisonné, mais plutôt battu à mort. La pauvre bête a une patte antérieure fracassée, tandis que son échine s'avère nettement brisée en deux endroits. Visiblement, on a dû vouloir l'assommer, mais le brave gardien s'est débattu de son mieux.

- "Nous avons découvert d'autres traces comparables à l'extérieur." me lance Betty en apparaissant dans le contre-jour de l'entrée en compagnie de Robert.
- "Très bien. Puis-je vous poser quelques questions, Monsieur… à propos, comment vous appelez-vous ?"
- "Robert Fox, m'sieur l'specteur. Chui l'fermier d'mon Lord."
- "Bien. Regardez attentivement cette trace, Monsieur Fox. Connaissez-vous quelqu'un qui porte ce type de chaussures parmi les habitués du manoir ?"
- "Ben… euh… j'dirais qu'non, M'sieur l'specteur. En tout cas, c'est sûrement pas une trace de bottes, ça. Et moi, j'y travaille toujours avec ces bottes-ci." ronchonne-t-il en montrant ses pieds avec le râteau souillé de fumier qu'il a oublié de lâcher.
- "C'est peut-être Lord Alderson ou le vétérinaire, alors…"
- "Oh qu'non M'sieur. Sûr qu'non. Mon Lord il a toujours des bottes bien fines, comme pour y faire du cheval, et celles du vét'rinaire sont en caoutchouc comme les miennes à moi. J'peux même vous dire qu'on y a acheté au même endroit, chez l'père Sullivan, savez ben, tout juste en face du pub des Trois Couronnes… voyez pas ?"
- "Si, si… je vois." dois-je interrompre pour éviter une plus longue digression. "Et à quelle heure nettoyez-vous l'étable ?"
- "Ben matin et soir, pardi ! La femme le matin, pendant qu'chui au champ, et pis moi l'soir, pendant qu'Millie traille les vaches."
- "Donc cette bouse date forcément de cette nuit, n'est-ce pas ?"

- "Pour sûr, M'sieur l'specteur. Y a aucun doute là-d'sus."
- "Et vous habitez à quelle distance de cette étable ?"
- Bof… J'y dirais ben… une cinquantaine de mètres, en gros. Pourquoi ça ?"
- "Parce que vous auriez dû entendre le chien aboyer, normalement."
- "S'il avait aboyé, pour sûr qu'j'y aurais entendu ! Mais qu'voulez-vous, l'pauvre Spot, l'a pas eu l'temps.
- "Justement, il aurait dû aboyer, parce qu'il n'est pas mort empoisonné, comme vos vaches."
- "Vraiment ?" questionne Betty en devançant Robert. "Vous en êtes sûr ?"
- "Tout à fait sûr, Betty. Venez voir le chien. Regardez… Il n'aurait pas été battu à mort si on avait pu l'empoisonner. Donc il a certainement vu son agresseur, et pourtant il n'a pas aboyé."
- "A moins que les Fox ne l'aient pas entendu aboyer." suggère Betty pour mettre à l'épreuve mon embryon d'intuition.
- "Que voulez-vous dire ?"
- "Eh bien, simplement que peut-être, ils regardaient la télé ou dormaient trop profondément au moment où Spot aurait aboyé."
- "Mmm. Oui bien sûr. C'est toujours possible. En attendant, pouvez-vous téléphoner au labo pour analyser ces indices de plus près et préciser la nature du poison ?"
- "Tout de suite ?"
- "Oui, s'il vous plaît. Vous pouvez les appeler de la voiture, et quand l'équipe arrivera, vous leur montrerez nos trouvailles avant de me rejoindre au manoir."
- "Ok, patron ! A tout à l'heure." conclut-elle sur un sourire de connivence inattendu.

43

- "A propos, Monsieur Fox, une toute dernière question : quel âge avait Spot ?"
- "Attendez-voir… ça f'sait ben dix ans qu'on l'avait… ouais… j'y dirais même ben dix ou onze ans. Pauv' bête ! Pouvez pas savoir c'qu'il était brave !"
- "Merci beaucoup. Je crois que je vous ai fait perdre assez de temps, Monsieur Fox. A bientôt peut-être !"

Un moment plus tard, je retrouve Lord Alderson dans le grand salon de notre première rencontre. Prostré et tassé dans un trop vaste fauteuil, il semble soudain vieilli et fatigué à côté du noble *gentleman farmer* que j'ai découvert trois jours plus tôt. Tout entier absorbé par son inquiétude méditative, il ne prête aucune attention à mon arrivée trop discrète, au point qu'il sursaute de surprise en m'entendant toussoter pour entamer la conversation. Je lui explique nos fraîches et odorantes découvertes, et lui fais part de mes hypothèses quant aux circonstances de la mort de Spot. Il acquiesce d'un air indifférent et me confie spontanément à quel point l'évolution de son affaire le désespère.

- "Cette fois-ci, Inspecteur, l'avertissement est clair : me voilà directement menacé."
- "Puis-je revoir la dernière lettre anonyme, s'il vous plaît ?"
- "Certainement. Vous pouvez même la garder. Elle complètera la collection que vous avez déjà !"
- "Quand l'avez-vous reçue, exactement,"
- "Hier, en fin de matinée, comme d'habitude. Mais j'étais absent et comme je ne suis revenu qu'en fin de soirée, je viens seulement de la lire."
- "Encore un nouveau cachet postal ! Preuve que le corbeau ne prend pas le moindre risque de se faire repérer deux fois au même endroit, même si la distance qui sépare les bureaux de poste choisis implique l'usage

d'une voiture. Au fait, quelle est cette Jaguar blanche que j'ai remarquée devant le manoir ? C'est votre voiture ?"

- "Non. C'est celle de mon beau-frère. Ils sont venus se détendre ici pour deux ou trois jours... Rosemary, Henry et la petite Carol."
- "Eh bien, voilà une heureuse présence qui va vous réconforter, n'est-ce pas ?"
- "Oui, en un sens. Le fait qu'ils soient ici peut décourager le corbeau de devenir un assassin."
- "C'est certain. Me serait-il possible de les interroger, ne serait-ce que pour faire leur connaissance ?"
- "Naturellement, Inspecteur. Mais il faudra attendre leur retour."
- "Leur retour ?"
- "Oui. Rosemary et Henry sont déjà à l'embarcadère. Nous devions faire une partie de pêche, comme d'habitude. Mais vous comprenez que je n'en ai pas la moindre envie, après ce qui s'est passé cette nuit."
- "Et Carol ?"
- "Elle est restée dans sa chambre, à cause d'un retard dans ses devoirs. Venez... regardons-les partir..." ajoute-t-il en se dirigeant vers la fenêtre dont le panorama a déjà séduit le Sergent Beetle.

A quelques centaines de mètres en contrebas, deux minuscules silhouettes s'agitent en effet près d'un splendide bateau de plaisance.

- "Vous avez un yacht magnifique !" dis-je sans chercher à contenir mon admiration.
- "Oui. C'est un vrai bijou de famille. Il appartenait à mon père. Mais si mes affaires continuent à péricliter, il

45

faudra bien que je finisse par le vendre. A moins que son propriétaire ne soit supprimé avant !"

Par respect pour cette noble complainte et la grandeur d'un tel sacrifice, nous restons silencieux pendant quelques instants, à contempler le départ nonchalant du joyau flottant. Lorsque le luxueux jouet s'éloigne enfin lentement de l'embarcadère privé, les deux personnages miniatures se tournent vers le manoir pour échanger de grands signes d'affection avec Lord Alderson. Je m'oublie quelques instants en suivant le reflet mouvant de la coque blanche sur les vagues caressantes qu'un sillage naissant divise en deux ondes d'écume majestueuses, avant de poursuivre mon travail de fourmi bavarde.

- "Avez-vous réfléchi à vos ennemis possibles, depuis notre dernière rencontre ?"
- "Je n'ai fait que cela, Monsieur Flag. Et d'autant plus que j'ai du mal à dormir ces temps-ci."
- "Et alors ?"
- "Alors… je ne vois guère qu'une conclusion possible, malgré ce que certains pourront dire…"
- "C'est-à-dire ?"
- "Edward Spencer. Lui seul peut me vouloir autant de mal."
- "Vraiment ? Et pourquoi votre cousin chercherait-il à vous nuire, après des années sans le moindre contact ?"
- "Je ne sais pas, en fait. Tout ce que je peux vous dire, c'est qu'Edward Spencer est la seule personne avec qui je sois brouillé à vie. Et je ne serais pas surpris qu'il me déteste encore plus que je le hais."
- "A ce propos, j'ai rencontré Maître Page, après une visite chez votre oncle Harold."

- "C'est votre droit." répond-il en forçant son indifférence. "J'imagine ce que ce porcelet a pu vous raconter sur mon compte !"
- "Oui. J'ai cru comprendre qu'il est tout dévoué à votre cousin. Il m'a d'ailleurs expliqué la cause de votre différend."
- "Vraiment ? Et quelle explication a-t-il inventée ?" questionne le Lord en fronçant un sourcil argenté.

Je décide d'exclure de ma réponse l'infamante allusion à la pauvreté des Alderson en matière grise, et réponds sans montrer trop de confiance envers le petit notaire.

- "Il m'a parlé de votre malchance en bourse, et a voulu me faire comprendre que les succès de votre cousin vous avaient rendu jaloux."
- "Quel culot ! Je reconnais bien là l'hypocrisie d'Edward."
- "Mais il est pourtant vrai que vous avez eu de tristes revers boursiers, n'est-ce pas ?"
- "C'est vrai. Je ne le nie pas. Mais l'explication est un pur mensonge. Car enfin, comment le notaire explique-t-il que j'ai toujours perdu là où Spencer gagnait ?"

Devinant mon embarras, il me vole courtoisement la réponse.

- "Oui, je sais. Edward est un génie, et je suis un crétin. C'est bien ce que Page vous a dit, n'est-ce pas ?"
- "Oui, Monsieur. Mais soyez sûr que je n'en ai rien cru, et..."
- "Et vous avez bien fait, Monsieur Flag. Car s'il y avait de la jalousie dans l'air, c'était dans l'autre sens."
- "Excusez-moi, mais j'ai du mal à comprendre."

Il se met spontanément à parler plus bas, comme pour ne pas être entendu par quelque oreille indiscrète.

- "Je ne vous l'ai pas encore dit, il est vrai, mais Edward aimait Mary au point d'en devenir fou."
- "Evidemment, voilà qui change toutes les données du problème !"
- "N'est-ce pas ! Dans ces conditions, vous comprenez que lorsque Mary a préféré m'épouser, poussée en cela par ses propres parents, je suis devenu le pire ennemi d'Edward."
- "Je comprends. Mais comment cela peut-il expliquer vos déboires systématiques en bourse ?"
- "C'est pourtant l'évidence même, Inspecteur ! Avant notre mariage, au fur et à mesure qu'il sentait Mary se rapprocher de moi, il s'arrangeait pour me faire perdre des millions sans rien laisser paraître."
- "Sans doute cherchait-il à vous discréditer aux yeux de Mary von Knaben."
- "Exactement ! Et c'est aussi pour cela qu'il a toujours fait croire que l'accident de Mary était un meurtre…"

Il prononce ce dernier mot, amplifié malgré lui par l'écho du vaste salon, lorsque nous tressaillons sous le choc d'une violente détonation qui nous parvient de la baie d'Aldersea. Accourus à la croisée restée ouverte, nous voyons retomber dans le lointain les restes épars du yacht déchiqueté.

# III

La confusion qui suit cet instant est comparable à celle d'une fourmilière qu'un cheval distrait aurait éventrée de son pesant sabot. Le Sergent Beetle m'ayant précipitamment rejoint dans le grand salon, il nous faut improviser dans une atmosphère de panique contagieuse, afin d'organiser des secours immédiats. Nous devons simultanément venir en aide aux disparus de la baie d'Aldersea, alerter le commissariat central et réconforter les victimes indirectes de l'ignoble attentat. Tétanisé par l'émotion, Lord Alderson s'est évanoui sur le tapis rouge et or du grand salon, entraînant dans sa chute l'un des épais rideaux qui encadrent la haute fenêtre et auquel il s'était agrippé en vain. Tandis que j'aide James à installer le Lord sur le canapé central, la petite Carol apparaît dans l'embrasure d'une porte à demi-ouverte, titubante et convulsée sous l'effet de sanglots hystériques qui font craindre les pires réactions. Betty décide de rester sur place en attendant l'arrivée du médecin que James s'est empressé d'appeler afin d'éviter au Lord les complications d'une attaque cardiaque trop souvent redoutée, tandis que les cris intarissables de la fillette réclament d'urgence la piqûre bienfaisante qui seule peut calmer la douleur par un sommeil artificiel. Je décide pour ma part de me rendre sur les lieux de l'explosion, dans le fol espoir de retrouver des survivants, et parviens finalement à dénicher à grand-peine un canot à moteur chez un pêcheur dont la réputation d'égoïste est heureusement compensée par son absence.

En gouvernant approximativement, j'arrive enfin sur les lieux de l'explosion, après quelques minutes d'une croisière solitaire et pétaradante sur le clapotis d'une mer passablement houleuse. Malheureusement, il ne reste plus grand-chose du yacht orgueilleux que j'ai vu appareiller trois quarts d'heure plus tôt, et je suis très vite fixé quant au sort probable de ses deux occupants. Seuls une tache d'huile et quelques menus objets familiers de la vie à bord trahissent la fraîcheur du drame qui vient de transformer une partie de pêche en un double meurtre. De toute évidence, je me trouve trop loin de la plus proche côte pour qu'un naufragé vivant ait déjà pu l'atteindre à la nage, et il faut désormais espérer l'aide des plongeurs de la Royal Navy pour en savoir plus en retrouvant corps et biens. Ayant arrêté le moteur et manœuvré à la rame pour recueillir diverses reliques flottantes, j'ai la désagréable surprise de ne plus pouvoir réveiller les 30ch du Seagull au moment de regagner la côte. En maugréant des jurons que personne ne peut entendre, je dois me résigner à ramer honteusement pendant près d'une demi-heure avant d'atteindre enfin l'embarcadère privé du manoir endeuillé, grâce à l'heureuse complicité d'une brise favorable.

Après avoir quitté ma frêle embarcation, je décide de commencer un prélude d'enquête terrestre en inspectant les alentours immédiats de l'embarcadère. Je me trouve sur une sorte de jetée artisanale dont la stabilité précaire avoue la faiblesse des pilotis de bois face à nombre d'années d'intempéries marines. A quelques mètres de là, une petite plage privée semble se cacher dans l'intimité d'un replis de falaise, tandis qu'à ma droite, un sentier serpente à travers le chaos hasardeux sculpté par le conflit millénaire entre la vague et le rocher. Au sommet de ce spectacle imposant, le manoir d'Aldersea trône dans une apparente sérénité, totalement indifférent à l'excitation fébrile qui empoisonne ses murs depuis l'explosion. Puis, avec le réflexe fouineur d'un chien policier, je me mets en devoir d'observer attentivement le sol, tout en réfléchissant au trajet possible de l'assassin saboteur. Sans aucun doute ce dernier a dû opérer de nuit, car l'embarcadère, la plage et le sentier semblent tous trois visibles depuis les fenêtres ouest du manoir. Par ailleurs, l'endroit est strictement inaccessible du côté gauche, puisque la falaise qui emprisonne le croissant sablonneux s'avère bien trop abrupte et baignée par les tourbillons imprévisibles de vagues qui décoiffent inlassablement des récifs d'algues luisantes.

Fort de ces supputations personnelles, j'oriente donc ma recherche du côté droit, ainsi que sur l'étroit banc de sable grisâtre qui sert de plage, car je crains aussi la possibilité d'un accostage nocturne. Hélas, à mon grand dam, aucune trace ne semble témoigner d'un tel débarquement, le flux et le reflux de la marée ayant déjà à jamais effacé les signes hypothétiques d'une intrusion par bateau. Quelque peu déçu de fouiller un sable désespérément lisse, je me replie vers la droite, en direction de la jetée de bois dont certaines planches malades grincent tristement au gré de vagues parfois plus fortes qu'à leur habitude. Si des traces involontaires doivent subsister, elles ne peuvent se trouver qu'au-delà des limites de la marée haute, et j'espère secrètement que cette dernière n'a pas tout recouvert lorsque j'ai le grand plaisir d'en obtenir la preuve.

A moins d'un mètre des premiers rochers, une frange de débris d'algues et de coquillages dépolis ranime soudain un frêle espoir dans ma curiosité professionnelle. Et c'est en suivant cette dentelle irrégulière que je découvre enfin ce que je cherchais : deux empreintes de pas, en deux endroits différents où des rochers trop impraticables ont visiblement forcé l'intrus à marcher sur la plage. Un peu plus loin, je remarque un rocher sensiblement plus plat où des traces de sable suspectes semblent indiquer que l'inconnu a regagné le rocher. En m'autorisant une pause à cet endroit, je comprends qu'il a dû servir de cachette temporaire, car c'est un des rares points de la plage que les accidents du relief cachent aux fenêtres du manoir. Dans la fissure d'un rocher moussu, un mégot de cigarette incongru témoigne même d'une attente assez longue jusqu'au moment propice où le yacht a été saboté en vue de l'explosion meurtrière. Avec le soulagement d'un chasseur heureux de ne point s'en retourner bredouille, je m'apprête à rejoindre le manoir par le petit sentier lorsque apparaît l'agréable silhouette du Sergent Beetle.

- "Alors," lance-t-elle, sa curiosité policière décuplée par sa féminité, "avez-vous trouvé des traces de Monsieur et Madame Fleet ?"
- "Hélas non !" dois-je avouer sans illusion. "Il est malheureusement impossible qu'ils aient pu en réchapper. D'ailleurs, si vous voulez mon avis, ils n'ont même pas eu le loisir de mourir noyés !"

Betty fait une moue involontaire en pensant aux victimes sans doute déchiquetées par le souffle de l'explosion, puis dispersées au beau milieu de la baie, telles des daphnies à la surface d'un aquarium.

- "Le Docteur Stanwell est arrivé sans trop tarder. Il a pu calmer le Lord et la petite Carol, mais j'ai préféré attendre que les piqûres fassent pleinement effet avant de vous rejoindre."
- "Vous avez bien fait, Betty. Quant à moi, à défaut d'avoir fait bonne pêche dans la baie, j'ai tout de même pu trouver quelques indices prometteurs ici même."

J'entreprends alors de lui expliquer par le menu mes fouilles empiriques autour de la jetée vermoulue, et nous poursuivons à deux cet étrange travail d'archéologue du présent. Nous consacrons le reste de la journée à inspecter scrupuleusement les lieux, allant et venant de la plage au manoir, comparant les nouvelles empreintes avec celles de l'étable grâce à l'équipe du laboratoire que Betty a déjà convoquée sur mes instructions. Nous profitons de leur présence et de l'équipement de leur fourgon pour commencer à analyser l'épave de cigarette retrouvée à l'ombre du rocher plat, tandis qu'au loin deux vedettes et un hélicoptère commencent méthodiquement leur travail de repérage. Cette journée s'avère si riche en émotions qu'il faut la prolonger assez tard dans la soirée, afin de pouvoir interroger "à chaud" le personnel du manoir et obtenir de précieux renseignements sur les quelques indices que l'océan a daigné nous laisser.

Lorsque enfin nous parvenons à quitter le manoir, un étrange mélange de sentiments contradictoires nous unit, où la révolte, l'impatience et la soif de vérité semblent nous rapprocher beaucoup plus étroitement que la banalité d'un quelconque discours amoureux. La passion de notre première enquête nous accapare au point de nous faire oublier l'horreur du double crime dont nous venons d'être les témoins indirects, et sans pouvoir aucunement le formuler, nous nous sentons quelque peu complices dans le plaisir inavoué d'avoir enfin un vrai crime de sang à élucider. Sans nous en douter, nous goûtons ainsi pour la toute première fois à la véritable originalité de notre curieux métier : par définition, une enquête n'est passionnante que lorsque son objet est devenu irréparable.

Certes, le double crime est désormais irréparable, mais notre enquête a déjà sensiblement progressé sur certains points de la plus haute importance grâce à l'efficacité du laboratoire mobile de la Police d'Aldersea. D'abord, les traces de pas relevées sur la plage se révèlent en tout point identiques et de même pointure que celles de l'étable. De plus, aucun des habitants du manoir ou des dépendances ne fume le genre de cigarette dont un échantillon consumé reste en notre possession. James nous a même assuré que les Fleet ne fument plus du tout depuis plusieurs années, à la suite d'un pari réussi partagé avec Lord Alderson. Le précieux mégot découvert dans son écrin rocheux a beaucoup "parlé", selon l'expression favorite de nos collègues du laboratoire. La cigarette est une Camel et a dû être fumée très récemment puisque aucune trace de pluie de la veille n'en a ramolli la texture. Elle ne peut donc en aucun cas dater d'avant huit heures du soir, preuve supplémentaire de la préparation nocturne de l'attentat.

De retour à Aldersea, nous nous séparons à regret au point de réfléchir déjà aux priorités de demain. Pendant que je rendrai visite à Edward Spencer avant de retrouver Lord Alderson, Betty pourra me tenir au courant des recherches entreprises sur place pour retrouver les parents de Carol dans les débris du yacht. A en croire le capitaine des marins pompiers, la faible profondeur de la baie doit permettre de retrouver corps et biens en l'espace d'une seule journée, à moins que les conditions météorologiques ne viennent à changer brusquement au cours de la nuit. Fort heureusement pour moi, une fatigue aussi soudaine que justifiée me donne la patience de dormir jusqu'au lendemain matin.

Arrivé à Mapletown vers neuf heures trente du matin, par un soleil radieux qui me tranquillise sur la progression des recherches dans la baie d'Aldersea, j'ai quelque difficulté à trouver l'adresse de Monsieur Spencer, faute d'avoir demandé les renseignements nécessaires au commissariat. La ville est nettement plus importante que je ne le croyais, et Monsieur Spencer ne jouit apparemment pas d'une si grande notoriété. Je dois me résoudre à m'arrêter à la poste du centre ville pour trouver enfin son adresse dans un annuaire poisseux à force d'être manipulé : Edward

Spencer, expert comptable, 24 Downhill Street. Quelques minutes plus tard, je gare ma vieille Allegro près d'un immeuble cossu dont le porche d'entrée voûté est émaillé de plaques de cuivre toutes plus étincelantes les unes que les autres. Au deuxième étage d'un large escalier de marbre dont la spirale s'enroule autour d'une pompeuse rampe de fer forgé, je parviens enfin à la porte dudit comptable, qu'une dame de stricte apparence et coiffée d'un chignon démodé ouvre aussitôt.

- "Bonjour Madame. Vous êtes peut-être Madame Spencer ?"
- "Non Monsieur. Je suis Miss Parker, la secrétaire de Monsieur Spencer." réplique-t-elle, quelque peu effarouchée par ma trompeuse intuition. "Si c'est vraiment Monsieur Spencer en personne que vous voulez voir, il faudra attendre la fin de ses vacances."
- "Ah bon ? Il est en vacances ?"
- "Oui, Monsieur, depuis deux jours seulement et pour deux semaines."
- "Dommage. Et... euh... savez-vous où je peux le joindre ?"
- "C'est impossible." répond-elle sans appel, suivant visiblement les instructions de son patron.

Usant alors du pouvoir magique de ma carte professionnelle, je me présente pour insister.

- "Inspecteur Flag, de la Police d'Aldersea. Je dois absolument entrer en contact avec Monsieur Spencer aujourd'hui, ne serait-ce que par téléphone. Vous devez bien avoir ses coordonnées, n'est-ce pas ?"
- "Oui, bien sûr, Monsieur l'Inspecteur." s'empresse-t-elle sur un ton devenu mielleux face à l'administration

que je représente. "En fait, il est chez lui, mais il n'habite pas ici."
- "Bizarre. Je n'ai pas trouvé d'autre adresse dans l'annuaire."
- "C'est normal : Monsieur Spencer ne veut surtout pas être dérangé en dehors de ses heures de travail, vous comprenez ?"
- "Mmm… vu comme ça, c'est logique, en effet. Et où puis-je le trouver ?"
- "Il habite près du canal d'Eston, à environ huit kilomètres d'ici. Vous trouverez très facilement : c'est sur la route de Chorley-Wood, juste après le deuxième pont sur le canal, du côté gauche."
- "Très bien. Et son numéro de téléphone ?"
- "C'est que… je… je ne dois pas le dévoiler sans la permission de Monsieur Spencer, et…"
- "Allons, Miss Parker, ne vous inquiétez pas. J'en prends toute la responsabilité et je vous promets que ce numéro restera strictement confidentiel. Je peux bien me le procurer autrement, vous savez, mais vous pouvez me faire gagner un temps précieux…"
- "Eh bien… c'est le 24234881."
- "Parfait. Je vous remercie pour votre aide."
- "Faut-il prévenir Monsieur Spencer de votre arrivée ?"
- "Non merci, ce n'est pas la peine. Je suis sûr qu'il pourra consacrer quelques minutes à mon enquête, d'autant plus qu'elle concerne en fait son cousin."
- "Son cousin ?"
- "Oui. Lord Alderson, pour ne pas le nommer. Il ne vous en a jamais parlé ?"
- "Non. Jamais. Il faut dire que Monsieur Spencer n'est pas du genre bavard. Mais j'ignorais totalement qu'il avait un cousin !"

-   "Cela prouve au moins qu'il sépare totalement sa vie privée de ses affaires, comme pour le téléphone."
-   "Oui, mais tout de même, depuis douze ans que je suis à son service, je connais bien mon patron à force de rencontrer ses clients, les membres de sa famille ou certains de ses collègues..."
-   "Ne soyez pas surprise de tout ignorer pour une fois. Les deux cousins sont brouillés depuis longtemps."
-   "Ah bon ! Dans ce cas, tout s'explique... En tout cas, j'espère qu'il n'est rien arrivé de grave..." ajoute-t-elle pour m'inviter à quelque confidence.

Je préfère ne pas répondre l'exacte vérité pour ne point risquer de fausser ma rencontre avec Edward Spencer. Toutefois, je me sens redevable de quelque information et la quitte toute interloquée par ma révélation finale.

-   "Non. Rien de grave. Seulement cinq victimes."
-   "Mon Dieu ! Cinq victimes !"
-   "Oui. Quatre vaches et un chien !"

A quelque vingt minutes de son cabinet, Edward Spencer possède une villa moderne dont la froideur cubique se reflète sur les eaux lentes d'un petit canal désaffecté. Le fouillis de la végétation, sans nul doute favorisé par l'humidité ambiante, fait ressortir la simplicité rectiligne du béton gris et du verre fumé. Tout en faisant chanter le carillon de la porte d'entrée, je m'amuse à considérer qu'une telle architecture devrait abriter les œuvres décadentes de Ted Grigson, en hommage aux effets esthétiques de la science du calcul.

L'homme qui m'ouvre la porte se présente inutilement, tant il personnifie à mes yeux l'archétype de l'expert-comptable. Petit, maigre et pâle à force de se nourrir de chiffres sous la lumière artificielle de bureaux enfumés, il correspond tout à fait à la description moqueuse de Lord Alderson. Si ses lunettes en demi-lune et ses épaules tombantes trahissent une joie de vivre pour le moins contenue, il y a par contre beaucoup d'assurance dans le ton de sa voix, comme si le moindre mot était la solution réfléchie et indiscutable d'une opération verbale. Une fois les présentations mutuellement acquittées, il m'accompagne dans un salon glacial et obscur en me priant de l'excuser pour sa tenue vestimentaire.

- "Pardonnez-moi si je suis en tenue de sport, mais je suis en vacances, et je viens de faire un jogging le long du canal."
- "Oui, Mademoiselle Parker me l'a dit..."
- "Que je faisais du jogging à cette heure-ci ?"
- "Non. Que vous êtes en congé pour deux semaines."

Je comprends à cette rectification pointilleuse qu'il faut être d'une logique infaillible pour mener à bien cette entrevue, puis décide de cerner mon interlocuteur par une prudente progression dans la précision.

- "Vous habitez seul dans cette maison ?"
- "Non, je suis marié et j'ai deux enfants, mariés eux aussi. D'ailleurs, ma femme est avec ma fille aînée cette semaine. Elles sont parties visiter la Grèce antique avec mon gendre."
- "Je comprends. Et vous préférez rester chez vous, n'est-ce pas ?"
- "Oui. Je déteste voyager. Je préfère m'occuper de mon vivarium."
- "Votre vivarium ?"
- "Venez voir !" me confie-t-il fièrement tout en me guidant vers le coin le plus obscur de la vaste pièce.
- "Ah, vous vous intéressez aux arachnides ?"

- "Non. Seulement à l'ordre des aranéides." rectifie-t-il sans compassion pour mon ignorance. "Ce vivarium ne contient que des araignées. Regardez de plus près : celle-ci, c'est une mygale commune... On la confond souvent à tort avec la cténize, alors qu'en fait, la robe est très différente pour le connaisseur... Et celle-là, sur sa toile, c'est une épeire exotique d'une rare beauté, qui provient d'Asie Centrale."
- "Quelle étrange passion !" fais-je en grimaçant malgré moi devant ce microcosme grouillant de petits monstres velus qu'une obscurité propice rend encore plus hideux que nature.
- "Détrompez-vous, Inspecteur. Ces petits animaux sont non seulement passionnants à observer, mais en plus totalement inoffensifs envers l'homme, sauf peut-être cette mygale géante que j'ai fait venir d'Afrique noire. Mais je suppose que vous n'êtes pas venu pour admirer mes petits pensionnaires ?"
- "C'est exact. Je suis venu pour vous interroger au sujet de votre cousin, Lord Alderson."
- "Ah-ah !" chante-t-il sur deux tons, en se remémorant aussitôt tout le contentieux affectif qui les sépare. "Dois-je comprendre qu'il a des ennuis avec la police ?"
- "Non, rassurez-vous, il n'a rien fait de particulier. Mais il est au contraire victime de menaces de plus en plus directes depuis quelques temps, et pour ne rien vous cacher, il ne serait pas surpris que vous en soyez responsable."
- "C'est normal. Vous n'êtes pas sans savoir qu'il me déteste, je suppose."
- "Certes, Monsieur Spencer. Mais j'ai cru comprendre que c'est aussi réciproque."

- "Vous avez bien compris, Inspecteur. Mais en quoi puis-je vous être utile, puisque cela fait plus de vingt ans que je l'ignore comme s'il était mort ?"
- "Eh bien, il se trouve que ses ennuis actuels peuvent avoir quelque rapport avec certains faits d'un passé plus distant. Par exemple, est-il vrai que vous étiez en très bons termes avec Lord Alderson avant vos mariages respectifs ?"
- "C'est exact, en effet, bien que la fin de notre amitié n'ait à mon avis aucun rapport avec ces mariages."
- "En êtes-vous bien sûr ?"
- "Je ne comprends pas votre question. Que voulez-vous dire ?"
- "Je veux dire : n'avez-vous pas tenté d'empêcher à tout prix le mariage de Lord Alderson avec Mary von Knaben ?"

Il hésite quelque peu, le temps de choisir sa réponse.

- "Je vois que vous êtes déjà très bien informé… car il est vrai que j'étais très attaché à Mary avant qu'elle ne s'intéresse à Alderson. Mais rassurez-vous, je n'en ai pas fait une maladie, et je me suis très vite consolé."
- "Pourtant, le Lord prétend que vous vous êtes vengé en ruinant ses espoirs boursiers. Est-ce exact ?"
- "Mais voyons, Inspecteur ! C'est archi-faux ! Il a simplement prétendu ça pour éviter la honte de ses échecs répétés. D'ailleurs, seule Mary a pu avaler une explication aussi grossière ! Non, croyez-moi, cet épisode est trop lointain pour expliquer des menaces probablement imaginaires !"

Pour lui montrer qu'il se trompe, je lui parle des quatre lettres anonymes, dont il interprète curieusement l'origine.

- "Et si c'était Lord Alderson lui-même qui jouait au martyre ? Franchement, Inspecteur, je ne serais pas étonné qu'il ait inventé toute cette histoire pour occuper son ennui et faire parler de lui !"
- "C'est une hypothèse comme une autre, Monsieur Spencer. Malheureusement, il y a déjà eu mort d'homme."
- "Comment ça, mort d'homme ?... Expliquez-vous je vous en prie !"
- "Plus précisément, il y a d'abord eu un attentat contre les biens de Lord Alderson, par l'empoisonnement d'animaux. Et dans le même temps, c'est-à-dire la même nuit, on a préparé l'explosion du yacht sur lequel Lord Alderson devait sortir en mer."
- "Et Lord Alderson serait mort ?" balbutie-t-il sous l'effet d'une curiosité apparemment sincère, et dans ce cas compréhensible.
- "Non. Il n'était pas à bord. Mais sa sœur et son beau-frère sont morts à sa place, ou plutôt sans lui."
- "Je... je suis sincèrement désolé pour eux... Mais ! Vous auriez pu me dire tout cela d'entrée de jeu, Inspecteur !"
- "Il est possible que je ne vous apprenne rien en vous le disant maintenant."
- "Comment cela ? Vous ne croyez tout de même pas que j'aie pu faire une chose pareille, j'espère ?"
- "A vrai dire, j'en doute un peu. Mais il faut que je vous interroge pour vérifier certaines choses en détail."
- "Eh bien, je crois que mes réponses ont de quoi vous satisfaire."
- "Pour l'instant, oui, en ce qui concerne le passé lointain. Mais c'est le passé récent qui intéresse mon enquête, et j'espère que votre mémoire encore toute

fraîche pourra m'être utile. Pour commencer : quand votre femme est-elle partie pour la Grèce ?"
- "Vendredi dernier. Je l'ai moi-même accompagnée à l'aéroport où nous avions rendez-vous avec ma fille et mon gendre."
- "Bien. Et qu'avez-vous fait pendant ces trois derniers jours ?"
- "Je me suis reposé, Inspecteur, en profitant de mon temps libre pour partir en chasse."
- "Vous êtes chasseur ?"
- "Non. Je veux dire, à la recherche d'araignées nouvelles, ou d'insectes pour mon vivarium."

A cet instant précis, comme pour illustrer son propos, une mouche vrombissante vient se poser sur son bureau, tout près d'un paquet de cigarettes largement entamé.

- "Tiens ! Vous fumez des Camel ?"
- "Oui, pourquoi ?"
- "Parce qu'on a justement découvert un mégot de cigarette Camel, probablement abandonné par le meurtrier."
- "Simple coïncidence, Inspecteur."
- "Peut-être. A propos de coïncidence, je vois que vous portez des chaussures de tennis. Quelle est votre pointure ?"
- "Quarante-trois. Mais je ne vois vraiment pas où vous voulez en venir…"
- "Si je vous demande ce détail, c'est parce que l'assassin a laissé des traces de chaussures de tennis, et la pointure semble malheureusement comparable. Qu'en dites-vous ?"

- "Que c'est une autre coïncidence, Inspecteur ! Ce n'est tout de même pas un délit d'avoir la pointure la plus courante !"
- "Certes. Mais vous avouerez que cela fait déjà trois coïncidences troublantes ?"
- "Où voyez-vous la troisième ?"
- "Dans la coïncidence entre les deux premières, Monsieur Spencer !"
- "Voyons ! J'espère que vous plaisantez, Inspecteur. Car enfin, la vie elle-même n'est qu'un tissu de coïncidences purement aléatoires. Par exemple, il a bien fallu un drôle de hasard pour que vous me trouviez chez moi au moment précis où vous êtes arrivé, alors que cinq minutes plus tôt, je faisais encore mon jogging. Et si cette mouche grasse ne s'était pas bêtement posée là," ajoute-t-il en la capturant d'un geste vif de la main droite, "Napoléon ne la mangerait pas."
- "Napoléon ?"
- "C'est mon mâle préféré." précise-t-il en m'invitant à assister au repas du fin stratège. Puis, avec empressement, il soulève le couvercle de l'étrange vivarium et projette violemment la malheureuse pâture dans les filets d'un énorme théridion qui, l'ayant aussitôt immobilisée, se met à la sucer avec délectation.
- "Justement," dis-je pour abréger ce triste spectacle, "tout assassin est un stratège qui s'arrange pour provoquer des coïncidences mortelles, car le hasard n'a aucune place dans un meurtre prémédité."
- "Vous avez raison. Mais vous devez savoir aussi qu'un assassin évite de laisser le moindre indice qui pourrait le dénoncer."
- "C'est-à-dire ?"

63

- "C'est-à-dire les cigarettes, les tennis, ou que sais-je encore… Cela devrait suffire à prouver mon innocence, au cas où vous l'auriez mise en doute un seul instant."
- "Ne m'en veuillez pas, Monsieur Spencer. A ce stade de l'enquête, le doute et le soupçon sont mes seuls instruments de travail. Mais puisque vous êtes innocent, vous pourrez facilement le prouver en me disant ce que vous avez fait entre les journées d'avant-hier et d'hier."
- "Vous voulez dire, pendant la nuit ?"
- "C'est cela même…"
- "Eh bien, au risque de frustrer votre curiosité, je dormais, Inspecteur !"
- "Pouvez-vous le prouver ?"
- "Ma foi, non ! Vous allez me faire regretter de ne pas avoir eu de maîtresse pour en témoigner !"
- "Soit. Mais hier matin, où étiez-vous très exactement ?"
- "Eh bien… j'ai fait mon jogging matinal, comme d'habitude quand je suis en vacances, entre six heures trente et sept heures quarante-cinq."
- "Avez-vous rencontré quelqu'un qui pourrait en témoigner ?"
- "Je crains que non… Il n'y a pas grand monde dans la campagne à ces heures-là."
- "Et l'après-midi ?"
- "Ah ! Là vous allez être satisfait ! J'ai passé l'après-midi au Golf Club de Coldfield, à moins de huit kilomètres d'ici et vous trouverez facilement dix personnes qui pourront vous le confirmer."
- "Dans ce cas, vous seriez hors de cause, à moins d'avoir agi par personne interposée. Car c'est hier après-midi que le yacht a explosé, et tout porte à croire que la bombe était télécommandée depuis la côte. Sinon, comment l'assassin aurait-il pu prévoir l'heure précise de la sortie en mer ?"

- "Peut-être n'était-ce qu'un concours de circonstances." suggère-t-il, nettement soulagé de se sentir ainsi innocenté.
- "Pouvez-vous me préciser votre horaire d'hier après-midi ?"
- "Certainement... Comme j'étais tout seul, j'ai simplement pris un ou deux sandwichs arrosés d'une pinte de bière au Half-Way Pub, juste à la sortie de Mapletown. Ensuite, vers treize heures trente, j'ai rejoint les habitués du golf. Nous avions une revanche à prendre sur l'équipe des jeunes qui nous avaient battus à plate couture la semaine précédente."
- "Et combien de temps la partie a-t-elle duré ?"
- "Un bon bout de temps ! En fait, il a fallu faire deux parcours, pour faire la belle et nous départager. Cela nous a pris tout l'après-midi, de treize heures trente à dix-neuf heures, en comptant l'arrosage offert par les perdants !"
- "Et j'espère que vous avez gagné ?"
- "Hélas non ! Et par-dessus le marché, j'ai perdu ma nouvelle montre sur le parcours !"
- "Bah ! Ce n'est pas si grave, Monsieur Spencer ! Car l'essentiel est que vous avez ainsi un alibi des plus solides, et sans vous en douter."

Il est sur le point de m'approuver lorsqu'un téléphone strident nous interrompt brutalement.

- "Allo ? Oui... Ah ! Oui, il est ici. Ne quittez pas, je vous le passe... C'est pour vous, Inspecteur, une voix charmante semble impatiente de vous parler."

65

- "Allo, Donald ? C'est Betty. J'ai du nouveau pour vous. J'espère que vous ne m'en voudrez pas d'interrompre votre entretien."
- "Bien sûr que non, voyons. Alors, quelles sont les nouvelles ?"
- "D'abord, les plongeurs de la Royale Navy ont retrouvé les deux corps, et parce que vous étiez absent, j'ai dû accompagner Lord Alderson pour qu'il identifie formellement les victimes."

Le ton de sa voix vient de changer, trahissant l'écœurement que l'horrible spectacle lui a visiblement causé.

- "Je suis désolé de vous avoir imposé cette corvée, Betty. J'imagine sans peine ce que ces instants ont dû vous coûter !"
- "Merci, Donald. D'autant que ça n'a pas été très facile, croyez-moi !"
- "Vous voulez dire qu'il n'ont pas tout retrouvé ?"
- "Hélas non ! Du moins en ce qui concerne Madame Fleet. Son mari est à peu près intact, mais elle devait se trouver tout près de la bombe au moment de l'explosion. Sa tête a littéralement éclaté et il nous manque toujours le bras et l'épaule gauche."
- "Je vois. Et a-t-on au moins trouvé de nouveaux éléments concernant la bombe elle-même ?"
- "Peu de chose, à vrai dire. J'ai d'ailleurs interrogé les plongeurs pour essayer d'en savoir plus."
- "Et alors ?"
- "Eh bien, d'après ce qu'ils ont pu observer sur les restes de l'épave, l'explosion a eu lieu à l'arrière du bateau, ce qui laisse supposer que Madame Fleet devait gouverner pendant que son mari finissait de hisser les voiles."

- "Tout cela est sans doute vrai, mais il serait plus utile de déterminer l'explosif et le détonateur utilisés."
- "Hélas, Donald ! Etant donné la violence de l'explosion, les plongeurs s'avouent bien incapables de trouver la moindre trace à ce sujet, surtout après une nuit et déjà deux marées hautes. Cela dit, à mon avis, la bombe était certainement télécommandée, vous ne croyez pas ?"
- "J'en suis persuadé, Betty. C'est précisément ce que je venais de confier à Monsieur Spencer. En attendant, il va falloir se contenter de cette maigre pêche..."
- "Attendez, Donald ! Il y a autre chose de beaucoup plus intéressant, et qui semble concerner directement Monsieur Spencer. Il... il ne m'entend pas, n'est-ce pas ?"
- "Non, non, je vous écoute," dis-je en observant l'expert en araignées penché sur son vivarium avec la tendre attention d'une fée sur le berceau d'une princesse.
- "Eh bien, le plus intéressant, c'est la découverte de Monsieur Fox, le fermier de Lord Alderson : une montre en or massif de fabrication suisse, que le Lord a formellement identifiée comme étant celle de son cousin Edward !"
- "Vraiment ? Vous trouvez normal qu'il ait pu la reconnaître après tant d'années ?"
- "C'est bien ce que je lui ai dit. Mais cette montre a une longue histoire, figurez-vous. D'abord, elle est gravée aux initiales d'Edward Spencer, et si le Lord s'en souvient si nettement, c'est tout simplement parce que Mary von Knaben l'avait offerte à Edward Spencer alors qu'il lui faisait la cour avec insistance. Lord Alderson a même pu me préciser que c'est lui qui avait conseillé Mary pour le choix final."

- "C'était donc avant la séparation définitive des deux cousins, n'est-ce pas ?"
- "Naturellement. D'après le Lord, environ dix-huit mois avant que Mary l'épouse."
- "Dans ce cas, évidemment, le propriétaire ne fait plus de doute. Et sait-on où Robert a trouvé la… euh, l'objet ?"
- "Dans la paille, en changeant les litières des vaches empoisonnées. Voilà qui devrait faire avancer notre enquête, n'est-ce pas ?"
- "Peut-être… Et pourriez-vous me la décrire précisément ?"
- "Rien de plus facile : je l'ai entre les mains. Elle est ronde, plutôt épaisse, en métal jaune, apparemment massif. Le cadran est en émail blanc, et les heures sont indiquées en chiffres romains. La marque du fabricant, Sharpell-Geneva, est inscrite en médaillon autour du centre du cadran. Quant aux initiales, elles sont gravées au dos de la montre, en écriture anglaise."
- "Et le reste ?" dis-je en pensant au bracelet sans vouloir prononcer le mot en présence de l'intéressé.
- "Le reste ? Que voulez-vous dire ?"
- "Eh bien, le… la partie souple, quoi !" dois-je préciser en soupirant de ne pouvoir trouver meilleure périphrase.
- "Ah ! Je vois. Le bracelet ? Il est beaucoup plus récent que la montre, en crocodile, de couleur noire, avec une attache assortie au métal de la montre."
- "Très bien. Merci pour toutes ces précisions, Betty. Vous avez décidément bien fait de me téléphoner sans attendre."
- "N'est-ce pas ! Et que dois-je faire, maintenant ?"
- "Vous pouvez rester au manoir. Je vous y rejoindrai dès que j'aurai terminé mon entretien avec Monsieur Spencer."

- "Mais, Donald ? Je pensais plutôt vous rejoindre, au cas où vous souhaiteriez procéder à l'arrestation…"
- "Malheureusement, Betty, nous n'en sommes pas encore là. Je vous en dirai plus long cet après-midi. En attendant, continuez les vérifications d'usage concernant le fabricant de l'objet, voulez-vous ?"
- "Soit. Je vous attends sur place. Mais soyez tout de même prudent, Donald…" ajoute-t-elle presque malgré elle.

Touché par une sollicitude encore inattendue, je raccroche en ajoutant une phrase de trop.

- "Ne vous en faites pas. Je cours moins de risques là où je suis que n'importe quel automobiliste sur la route !"

Ayant posé le combiné d'un geste anormalement lent, je deviens malgré moi si méditatif que Monsieur Spencer s'en trouve intrigué.

- "Eh bien, Inspecteur ? Dois-je comprendre que les nouvelles sont mauvaises ?"

Encore abasourdi par les révélations de Betty, j'hésite quelques instants sur la stratégie à suivre.

- "Cela dépend pour qui !"
- "Que voulez-vous dire par là ? Serais-je concerné ?"
- "Sans aucun doute possible, Monsieur Spencer. Car notre enquête sur le double meurtre de la baie d'Aldersea vient de faire un pas de géant. Figurez-vous qu'on vient de retrouver la montre que vous aviez perdue."
- "Ma… ma montre ?" balbutie-t-il, consterné. "Mais comment est-ce possible ? Comment vos services

auraient-ils déjà trouvé ma montre alors que je viens seulement de vous dire où et quand je l'ai perdue ?"

- "C'est exactement ce que j'allais vous demander. Je vous remercie de poser la question à ma place, mais c'est la réponse qui m'intéresse. Etes-vous bien certain d'avoir perdu votre montre au Golf Club de Coldfield ?"

- "Absolument certain, Inspecteur. D'ailleurs, je me rappelle même avoir changé la date qui ne correspondait plus depuis la fin du mois dernier. Et c'est bien au Half-Way Pub que j'ai rectifié cela, juste avant de rejoindre le club."

- "La date, dites-vous ? Voilà qui est étrange. Quel genre de montre aviez-vous, Monsieur Spencer ?"

- "Une montre à quartz, avec affichage à cristaux liquides, comme on en trouve partout de nos jours, pourquoi ?"

- "Parce que cette description ne correspond pas à ce qui a été trouvé."

- "Cela n'a rien de surprenant pour moi en tout cas ! Vous savez que je crois aux coïncidences, mais tout de même !"

- "Tout de même, Monsieur Spencer, il y a un os, et vous n'êtes pas tiré d'affaire pour autant. Est-ce que vous changez souvent de montre ?"

- "Non. En fait, je l'ai achetée il y a quelques semaines pour remplacer une montre beaucoup plus précieuse qu'on m'a très certainement volée."

- "Vraiment ? Et comment était cette montre-là ?"

- "Très différente. Une montre suisse, très classique, en or, avec mes initiales."

- "Une montre Sharpell, montée sur un bracelet en crocodile noir, peut-être ?"

- "Exactement ! Mais... ma parole, c'est cette montre que vous avez retrouvée ?"
- "Oui. Et c'est seulement celle-ci qui m'intéresse dans le cadre de cette enquête."
- "C'est formidable !"
- "Pardon ?"
- "Oui ! Dans ce cas, je me fiche de celle que j'ai perdue à Coldfield ! Mais au juste, quel rapport cette montre peut-elle avoir avec votre enquête ?"
- "Décidément, vous avez le chic pour poser les questions au lieu d'y répondre ! Votre montre a été retrouvée dans l'étable du domaine de Lord Alderson, tout près des vaches empoisonnées pendant la nuit précédant le double meurtre d'hier après-midi. Que pensez-vous donc de cette nouvelle coïncidence ?"

A la lumière de cet aveu policier ; Edward Spencer semble enfin comprendre les conséquences implicites du résumé percutant que je viens de faire. Il paraît d'abord pétrifié au point d'en bégayer plusieurs "Mais... mais... mais..." qu'une voix troublée rend ridiculement chevrotants.

- "Mais... c'est une horrible machination ! Pourquoi aurais-je fait cela, Inspecteur ?"
- "Ah ça, le mobile est une autre histoire. Mais il faut avouer que vous ne manqueriez pas de raisons entre la jalousie, la vengeance, ou l'héritage du vieil oncle Harold."
- "Mais c'est un véritable traquenard, un complot infâme et rien d'autre, je vous l'assure ! J'espère que vous n'êtes pas naïf au point de tomber dans un panneau aussi grossier !"
- "Pour être franc, je trouve que tout cela est un peu trop facile, en effet. De plus, votre comportement ne semble

71

pas en rapport avec de tels crimes, à moins que vous n'ayez un don extraordinaire pour la comédie."

- "Dieu sait que ce n'est pas le cas !" fait-il visiblement soulagé de ne pas être sur-le-champ en état d'arrestation. "En tout cas, j'ai la chance d'avoir en face de moi un policier intelligent."

- "Rassurez-vous, Monsieur Spencer. Il y en a plus qu'on ne croit. Malheureusement, la flatterie n'est pas un système de défense devant les juges ou les jurés d'un tribunal. Et jusqu'à preuve du contraire, vous voilà devenu de fait le principal suspect dans cette triste affaire."

- "Méfiez-vous, Inspecteur. Vous êtes jeune, et il serait dommage que votre carrière soit compromise par une erreur judiciaire aussi scandaleuse. Je vous conseille de…"

- "Merci, mais je ne suis pas plus sensible aux menaces qu'aux flatteries."

- "Je vous conseille tout de même de ne pas prendre pour preuve de culpabilité des indices qui sont forcément inventés de toute pièce."

- "C'est bien pour cela que je vous traite en suspect, et non pas en inculpé. Cela dit, vos alibis sont pour le moment moins probants que les indices en question. Par exemple, quelle preuve ai-je que vous avez réellement perdu votre montre suisse ?"

- "Ah pardon, Inspecteur ! Celle-là, je ne l'ai pas perdue. On me l'a volée il y a environ six semaines, ici même."

- "Dans quelles circonstances, au juste ?"

- "J'étais parti faire des courses en ville avec Margaret, ma femme. C'était un jeudi après-midi…"

- "Et alors ?"

- "Alors, j'avais pris un bain juste avant de quitter la maison, et j'avais laissé ma montre sur ce bureau. Et j'ai bêtement oublié de la reprendre avant d'aller au supermarché, à cause d'un coup de fil de ma secrétaire au sujet d'un client mécontent..."

- "Avez-vous au moins porté plainte au commissariat de Mapletown ?"
- "Bien sûr que non, et pour une bonne raison ! Notre villa n'est jamais fermée à clé, et comme il faisait un temps splendide, nous avions laissé la porte-fenêtre de la terrasse entrouverte. D'habitude, ça suffit à dissuader d'éventuels curieux !"
- "C'est bien dommage pour vous, Monsieur Spencer. Il faudra donc trouver une autre preuve de votre innocence."
- "Vous ne me croyez pas ? C'est vraiment le comble ! Autant demander à chacun de filmer et d'enregistrer ses faits et gestes pour le cas où la police exigerait un alibi ! C'est le monde à l'envers, ma parole !"
- "Soit. Admettons que vous disiez vrai, Monsieur Spencer. Je vérifierai tout cela de mon mieux dans les heures qui viennent. Toutefois, avant de nous séparer, j'aimerais examiner vos chaussures de tennis. Vous en avez peut-être plusieurs paires ?"
- "Oui. Si vous voulez, je peux vous montrer tout cela. Nous rangeons nos chaussures dans le débarras du garage, au rez-de-chaussée."

Nous descendons au garage des Spencer par un escalier assez raide, plutôt mal éclairé, et encombré d'obstacles aussi inattendus qu'un bac de cactus, un étendage à linge et un aspirateur. Au bas de ce colimaçon de béton nu, un vaste garage abrite une Plymouth rutilante et ceinturée de pare-chocs et de baguettes de chrome aux reflets déformants. Sur la gauche, Monsieur Spencer ouvre une porte de contre-plaqué qui libère brutalement des effluves d'humidité, de terre battue et de transpiration. C'est le débarras dans lequel plusieurs rayons de chaussures alignées comme au garde-à-vous semblent attendre notre arrivée en une haie d'honneur malodorante et silencieuse.

A ma demande expresse, le comptable accepte de bon gré de quitter les chaussures qu'il porte depuis son jogging matinal, afin de me laisser comparer les cinq paires qu'il propose à mon investigation. En observant la forme, la pointure, et surtout le dessin des semelles, j'essaie vainement de reconnaître les traits circulaires que Betty et moi avons remarqués aux abords de l'étable. Une fois les chaussures de Madame Spencer éliminées d'office en raison de leur trop petite taille, je concentre tous mes efforts sur celles du mari, au demeurant fort coopératif. Malheureusement, rien ne semble concorder dans les nervures de la gomme, ici ou là dégradée par l'usure ou encrassée par une boue rougeâtre et quelque peu argileuse.

- "Eh bien, que donne la perquisition ?" questionne-t-il sur un ton serein à la vue de mon évidente déception.
- "Rien d'intéressant, et je m'en félicite pour vous. En tout cas, je n'ai pas besoin de confisquer vos chaussures pour expertise. Que voulez-vous, on ne peut pas tout trouver le même jour !"

D'un geste involontaire de dépit qui me fait écarter les bras, j'échappe mon stylo en l'accrochant contre l'un des montants du casier à chaussures. Dans sa chute futile, mon Waterman fait un curieux rebond avant de se perdre entre deux caisses encombrées de bouteilles vides et poussiéreuses. Et c'est en déplaçant l'une de ces caisses pour repêcher mon stylo que je découvre le plus fortuitement du monde une sixième paire de tennis.

- "Tiens ! Mais d'où vient cette paire-là ?" s'exclame un Spencer stupéfait, comme pour devancer ma question.

\- "Une fois de plus, vous êtes mieux placé que moi pour répondre, Monsieur Spencer. Par contre, je puis vous affirmer que ces semelles méritent une expertise immédiate. Et je ne crois pas vous surprendre en vous demandant de rester désormais à la disposition de la Police, le temps que je vérifie vos alibis avant notre prochaine rencontre."

# IV

Profitant sans peine de l'effet théâtral de ma découverte et de la stupéfaction de mon interlocuteur, je me laisse raccompagner jusqu'à l'Allegro en me gardant soigneusement d'ajouter un mot. Le doute ainsi entretenu a le double mérite d'embarrasser l'étrange cousin Edward et de m'assurer la supériorité confortable d'un chasseur tenant enfin un gibier de choix à sa merci ! Car il est vrai que désormais, l'éventuelle inculpation du comptable de Mapletown dépend entièrement de mon bon vouloir, et c'est en gonflant le torse sous l'effet d'un sentiment de toute puissance que je prends place au volant de l'Austin. Pendant tout ce temps, Monsieur Spencer ne fait que commencer vainement des phrases qu'une inquiétude paralysante l'empêche de terminer. En cherchant désespérément la moitié de ses mots, il lance un appel pathétique à ma discrétion, insistant sur la réputation dont il a tant besoin dans sa profession de haute moralité.

Bien qu'ébranlé en mon for intérieur par la sincérité apparente de son monologue incomplet, et presque convaincu de son innocence probable, je décide de n'en rien laisser paraître. A mon insu, je trahis par là le réflexe d'indifférence que la plupart des policiers arborent envers les victimes de leur curiosité, de peur qu'une once d'humanité ne trahisse un soupçon de faiblesse. Malheureusement, ma vénérable voiture en a décidé autrement, et son démarreur toussote vainement en usant, avec ma batterie, l'image impressionnante que je m'évertue à fabriquer. Aussi Monsieur Spencer est-il tout heureux de me rendre service en poussant la voiture sur une pente douce, m'obligeant à le gratifier d'un sourire en forme de remerciement.

En roulant à faible allure par respect envers une mécanique aux imprévus redoutables, je fais mentalement le bilan provisoire de ma comptabilité judiciaire, lorsqu'un panneau indiquant Coldfield à moins de cinq kilomètres retient mon attention. "Autant profiter de l'occasion pour vérifier l'alibi de Monsieur Spencer." me dis-je en bifurquant sans hésitation. "Après tout, Betty ne m'en voudra pas de la faire attendre si ce détour peut rassasier sa curiosité !" Tandis que j'approche du hameau de Coldfield, un splendide parcours de golf s'offre à mes yeux sur toute la moitié gauche du paysage. Sur un vaste tapis vert légèrement vallonné et parsemé d'obstacles judicieusement placés pour attirer jusqu'à l'amateur averti, on aperçoit de loin en loin les silhouettes multicolores des fanatiques du swing. Je me surprends un instant à envier ces heureux privilégiés du temps libre et de l'air pur, qui, bien que cherchant leur balle dans les limites incertaines d'une brume légère, ont d'ores et déjà trouvé le plaisir de la vraie détente. Du reste, mon enquête elle-même ne ressemble-t-elle pas à un parcours de golf, tant les obstacles semblent nombreux jusqu'au dix-huitième trou que consacrera l'arrestation de l'assassin des Fleet et du corbeau de Lord Alderson, en espérant que ce soit la même personne ? Car, plus je me rapproche de l'entrée du golf, dont le petit clubhouse propret et intime se dresse au-delà d'une sinueuse barrière d'un blanc immaculé, plus mon intuition me persuade que je ferais fausse route en voulant mettre en doute la bonne foi d'Edward Spencer. Plus encore que mon intuition, c'est mon amour-propre de policier qui se refuse à imaginer la culpabilité du comptable expert en araignées. Avec le recul de quelques kilomètres, tout cela semble déjà beaucoup trop simple pour être vrai, et je souhaite surmonter de plus grands obstacles pour démontrer à l'Inspecteur Général Grigson les multiples qualités – modestie mise à part – de l'Inspecteur Flag.

Sitôt arrivé, je me présente au responsable de l'entretien du golf, dont l'esprit de concierge me permettrait de tout vérifier en moins de cinq minutes s'il n'était pas bègue. Non seulement ce dernier peut me confirmer la présence d'Edward Spencer pendant tout l'après-midi qui fut fatal aux Fleet, avec les noms et adresses de plusieurs autres témoins de la meilleure société, mais il va jusqu'à me remettre en mains propres la nouvelle montre de mon "client" qu'un jeune couple vient de retrouver non loin du douzième trou. Satisfait de voir la justesse de mon intuition si nettement confirmée, je m'apprête à repartir quand la curiosité du brave homme réveille soudain la mienne.

- "Alors… c'… c'… c'est… vr… c'est… vrai… qu'… qu'… qu'on… le… euh… le… soupçonne dans… l'aff… l'aff… l'affaire… d'Al… d'Aldersea ?"
- "Oui et non, mais ? Co… comment savez-vous cela ?" fais-je interloqué au point de manquer d'imiter son défaut d'élocution.
- "B… B… ben… c… c… comme tout l'… tout l'monde ! Par le T… T… le Tel…"
- "Le téléphone ?"
- "N… n… non ! Le T… le T… Telegraph !" accouche-t-il enfin soulagé, en montrant du doigt un exemplaire du Daily Telegraph que le club laisse à la disposition de ses adhérents.

En remerciant prématurément mon interlocuteur afin d'abréger ses souffrances vocales, j'emprunte le journal en question pour y découvrir ce que je redoutais par-dessus tout : sous un titre accrocheur excessivement gras pour la discrétion de mon enquête, "Double Meurtre à Aldersea", quatre colonnes étalent au grand jour toute la complexité de "mon" enquête, en insistant sur l'horreur de certains détails dans un style morbide dont seuls les journalistes sont capables. D'emblée scandalisé par la publicité ainsi faite à une enquête que je n'entendais partager qu'avec le Sergent Beetle, je dévore l'article pour savoir qui a osé alimenter ces commères de la prose sans ma permission.

Naturellement, l'auteur a pris la précaution de ne citer personne en particulier, et chaque affirmation risquée pour la rédaction du journal est d'avance couverte par la sacro-sainte expression de l'irresponsabilité : "selon des sources informées..." Quant à la conclusion, elle me laisse bouche bée. Sur un ton qui se veut stupidement confidentiel dans un quotidien tiré à 355.000 exemplaires, il ne fait guère de doute qu'Edward Spencer risque une inculpation imminente, puisqu'il se trouve mis en cause par Lord Alderson en personne. De rage, je confisque le journal et rejoins ma voiture en fulminant à haute voix contre les inspecteurs à la manque du Daily Telegraph.

Dans la voiture, à nouveau bercé par les secousses de ses amortisseurs fatigués, et la colère s'apaisant peu à peu au fil des kilomètres qui me rapprochent de mon sergent préféré, je réalise plus nettement l'étrangeté de cet article à sensation. Pourquoi cette sordide affaire se trouve-t-elle soudain enflée d'une telle publicité ? Est-ce seulement pour les bas intérêts commerciaux d'une feuille de province ? A moins que quelqu'un de malveillant ait décidé de doubler le crime d'un scandale ? Et pourquoi ces accusations péremptoires à l'encontre de Monsieur Spencer, alors que ses fréquentations dans le cadre du Golf Club de Coldfield semblent lui garantir une solide réputation au sein de la meilleure société de Mapletown ? De plus, aucun des indices que je détiens depuis peu n'a pu être avancé à l'actif de ces accusations. Au bout du compte, ma quasi-certitude de l'innocence de l'expert comptable me laisse supposer qu'il est devenu la victime supplémentaire d'un plan décidément machiavélique. Arrivé au manoir d'Aldersea à ce stade de mes méditations routières, je décide de mettre Betty au courant de mes multiples découvertes en espérant de tout cœur que sa matinée a été aussi fructueuse que la mienne. James m'informe aussitôt que le Lord se repose dans sa chambre sur ordre du Docteur Stanwell, et que le Sergent Beetle m'attend dans le salon d'honneur.

Nous nous retrouvons avec une joie qui me paraît trop grande pour ne pas être réciproque, et je m'en veux intérieurement d'avoir oublié certains détails de cette frimousse si expressive, dont le regard espiègle suggère maintes enquêtes plus palpitantes que celle du dossier 13805/13 de la police d'Aldersea. Je me surprends à lui suggérer une promenade dans le parc du vieux manoir, et comme elle fait mine de s'en étonner, je sauve la face en la persuadant qu'il faut redoubler de discrétion, étant donné la publicité dont notre enquête fait l'objet bien malgré nous. Satisfaite, et peut-être impatiente, Betty accepte d'emblée, et nous pouvons enfin échanger nos informations en toute liberté dans le cadre romantique des allées de feuillus, puis de la roseraie du manoir endeuillé.

Galamment, je commence par me laisser questionner, subissant un interrogatoire d'autant plus délicieux que je ne suis pas l'assassin. Je me plais même à prolonger quelque peu la situation en suscitant d'autres questions par des réponses incomplètes. Mais elle a tôt fait de deviner mon manège et s'en amuse d'une façon que je juge aussitôt des plus prometteuses. Ma douce récréation s'en trouve brusquement interrompue, m'obligeant à reprendre son service à la volée.

- "Et vous Betty. Avez-vous du nouveau depuis votre coup de fil ?"
- "Peu de choses en ce qui concerne la mort des Fleet. Par contre, un motard d'Interpol m'a apporté un télex de la police française."
- "Ah bon ! Ils ont enfin retrouvé la trace de Christopher ?"
- "Non. Pas précisément. Mais d'après le bureau des douanes de Dieppe, il a traversé le Channel avec sa petite amie. On a retrouvé la trace de leurs billets d'embarquement à bord du ferry Senlac. Deux allers simples, le 26, donc il y a tout juste une semaine."
- "Eh bien ! Voilà qui finit de compliquer notre affaire !"

- "A moins que Christopher ne soit la clé de toute l'énigme." suggère-t-elle en forçant son optimisme. "Puisque vous êtes déjà persuadé que Monsieur Spencer n'est pas le coupable, mais au contraire une autre victime, il faut bien chercher le coupable ailleurs…"
- "Sans doute Betty. Mais cette multiplication des victimes et des suspects me paraît bien étrange. Car enfin, qui d'autre que Lord Alderson aurait intérêt à détruire la réputation d'Edward Spencer ?"
- "Lord Alderson ? C'est rigoureusement impossible, Donald !" lance-t-elle avec une assurance surprenante à ce stade de l'enquête.
- "Pourquoi pas, Betty. Vous n'avez donc jamais pensé à cette hypothèse ?"
- "Si, bien sûr, puisqu'il faut tout envisager. Mais les faits matériels sont beaucoup trop contradictoires."
- "Que voulez-vous dire ?"

- "Eh bien, il me semble que si l'affaire ne concernait que Monsieur Spencer et Lord Alderson, votre hypothèse pourrait très bien tenir debout. Mais il y a les Fleet, que Lord Alderson adorait visiblement. J'ai d'ailleurs pu le vérifier dans tous les témoignages que j'ai recueillis au manoir."
- "Il est vrai que le Lord s'est carrément évanoui lors de l'attentat dans la baie."
- "Justement, Donald. J'ai interrogé le Docteur Stanwell à ce propos, et il est absolument formel. L'évanouissement du Lord ne comportait pas la moindre simulation. D'ailleurs, il a bien failli remettre ça quand il a fallu reconnaître les corps ce matin. Et croyez-moi, je l'ai observé dans ses moindres réactions."

Elle prend un ton soudain plus triste pour ajouter enfin ses impressions personnelles, tout en guidant amicalement un scarabée du bout de son pied gauche afin de lui faire traverser l'allée sans dommage.

- "C'est vraiment un homme fini, vous savez. Personnellement, il me fait pitié. Et si vous voulez mon avis, j'ai l'impression que le corbeau l'a déjà détruit à quatre-vingt pour cent."

Le privilège de cette confidence m'offre le rôle protecteur ou consolateur auquel tout homme aspire vis-à-vis d'une femme attirante. Je suis sur le point de poser la main sur son épaule, mais un scrupule salutaire retient ma paume in extremis.

- "Allons Betty. Je sais que nous faisons là un dur métier, et nous sommes encore trop jeunes pour être blindés d'indifférence devant l'horreur. Mais nous sommes là

pour protéger Lord Alderson et il faut se consoler en se disant qu'après tout, notre "client" n'est pas mort."
- "Et les Fleet ?" lance-t-elle brutalement en me fixant d'un regard intense. "On voit bien que vous n'avez pas vu Rosemary !"

Le ton de sa voix semble me reprocher d'avoir manqué une scène qui l'a visiblement traumatisée pour le reste de sa carrière, comme en témoigne son besoin instinctif d'appeler la victime par son prénom.

- "Pardonnez-moi." se reprend-elle soudain, toute rougissante de honte. "Je me suis laissée aller et vous n'y pouvez rien !"
- "Ce n'est rien, Betty. Au contraire, cette réaction est bien compréhensible, et je vous promets aujourd'hui, solennellement, que nous trouverons le criminel qui se cache derrière tout ça."
- "Je l'espère bien !" soupire-t-elle en retrouvant un sourire timide. "En tout cas, je le souhaite autant que Lord Alderson depuis que j'ai vu les victimes. Vous savez, Donald, Rosemary avait exactement l'âge de ma sœur aînée... Et puis, il y a la petite Carol..."
- "Bien sûr. Vous avez raison de penser à tout cela, Betty. Mais, justement, c'est pour ceux qui restent en vie que nous trouverons le coupable avant longtemps. Et je suis certain que le Lord saura réagir pour assurer le bonheur de sa nièce puisque..."
- "Vous voulez dire Carol ?"
- "Oui, sa nièce, quoi !"
- "C'est donc bien de Carol que vous parlez !" insiste-t-elle sèchement.
- "Mais enfin, Betty, je n'ai jamais dit qu'elle s'appelait autrement !"

- "Alors, il faut l'appeler Carol, Donald. Tout comme je parlais de Rosemary tout à l'heure. Nous croisons tous les jours des dizaines de nièces et de Carol, Donald. Alors que cette petite-là est devenue unique dans son malheur d'orpheline. J'espère que vous ne croyez pas qu'un peu d'humanité puisse ternir notre image de policier !"
- "Vous avez raison. C'est vrai qu'on évite souvent de nommer les victimes, comme si on avait honte de leur existence, ou pire, de leur disparition."

Cette conclusion aux accents philosophiques a le mérite de me tirer d'embarras face à une sensibilité toute féminine que j'ai encore du mal à comprendre.

- "Soit. L'incident est clos, Inspecteur. De quoi parlions-nous, au juste ?"
- "Eh bien, je crois que... du moins, j'espère que vous avez plus de détails concernant le fi... enfin, Christopher."
- "Ah ! Oui, bien sûr. Mais vous nous aviez fait dériver sur l'hypothèse d'un Lord Alderson meurtrier ! Eh bien, selon les services français, Christopher et sa copine se trouveraient en ce moment dans la région de Londres. D'ailleurs, ça leur arrive assez régulièrement, environ deux fois par an, d'après les voisins et les commerçants de la rue du Bec- Rouge."
- "Tiens, tiens ! Et connaît-on la durée de ces séjours ?"
- "Oui. Le patron du Caveau Bleu où Sophie donne parfois des spectacles, a parlé de quatre à six semaines, en général."
- "Vraiment ? Comment peuvent-ils s'offrir si régulièrement six semaines à l'étranger ?"

- "Tout simplement parce que ce ne sont pas des vacances !" répond Betty en se moquant gentiment de ma surprise. "Ce sont des tournées théâtrales, dans le cadre ambitieux d'une compagnie franco-britannique."
- "Je comprends mieux. Donc, j'imagine qu'il sera facile de retrouver notre Christopher."
- "Oui, puisque j'ai déjà déblayé le terrain, pour l'essentiel. La troupe fait ces jours-ci sa tournée habituelle dans le sud de Londres, et les deux tourtereaux sont logés chez un copain acteur du nom de Freddy Marlow, au 17 Darwin Road, à North Croydon."
- "Bravo Betty ! Décidément, vous avez fait le plus difficile..."
- "Disons plutôt, le plus ennuyeux !"
- "Ah, si vous avez trouvé ça ennuyeux en plus, cela double votre mérite ! Il ne nous reste plus qu'à interroger ce Christopher à la première occasion."
- "Ah bon ? Mais je croyais qu'au contraire, vous vouliez le surveiller sans lui mettre la puce à l'oreille..."

J'affecte le ton de conférencier pour sauver la face.

- "Ma très chère collègue, sachez que ma respectable mère a toujours affirmé que seuls les ânes ne changent jamais d'avis."
- "Tant mieux, Donald ! J'adore l'imprévu, et je dois avouer qu'avec votre logique policière, je suis servie !"
- "C'est une tactique, voyons ! Ma stratégie est sans doute inhabituelle, mais c'est la meilleure façon de débusquer un adversaire qui, par définition, s'efforce d'être logique."

Elle acquiesce en dodelinant de la tête, sans toutefois me laisser deviner si son approbation est feinte ou non.

85

- "C'est un bon raisonnement, Donald. Et j'accepte volontiers de le suivre, à condition d'être avertie à temps chaque fois que vous changez d'avis !"
- "C'est promis, Betty. En attendant, nous irons rendre visite à Christopher dès demain. Je serais très curieux de connaître son emploi du temps…"
- "A propos de Christopher, pensez-vous qu'il faille avertir Lord Alderson de sa présence à Londres ?"
- "Non. Sur ce point là, je n'ai pas changé d'avis."
- "Ah bon. En somme, vous ne faites l'âne que quand ça vous arrange !" insinue-t-elle en éclatant d'un rire communicatif qui nous détend pendant deux bonnes minutes.
- "Allons, Betty. Il est peut-être temps de retourner au manoir. James m'a dit que Lord Alderson voulait nous parler après sa sieste forcée. Au fait, quelle heure est-il ?"

Je pose distraitement la question en oubliant que j'ai la dernière montre de Monsieur Spencer en poche.

- "Je ne sais pas, j'ai laissé ma montre dans mon sac à main au Q.G." fait-elle sans réaliser qu'elle a la première.
- "Attendez !"

Et nous sortons magiquement les deux montres de Monsieur Spencer avec la simultanéité de deux cow-boys dégainant leur arme au moment le plus crucial d'un duel de western. Un nouveau fou rire bienfaisant nous poursuit jusqu'au triste manoir et redouble d'intensité devant la mine hébétée de James, tant il pense visiblement que nous venons de boire pour être surpris dans un tel état d'hilarité. Mais le chauffeur majordome nous guide prestement jusqu'à l'antichambre du Lord, où notre humour s'évanouit à la seule vue du maître des lieux.

Il est en effet méconnaissable, et je comprends mieux les évaluations pessimistes de Betty quant à l'avenir du malheureux aristocrate, tant son teint blême et sa totale crispation personnifient la douleur de survivre à l'insupportable. Sa respiration, sèche et courte, semble libérer une interminable litanie de soupirs nerveux, tandis qu'il nous fixe sans la moindre réaction perceptible sur son visage défait. Après quelques instants, il inspire profondément et, dans un effort qui doit lui paraître surhumain, se lève en s'appuyant lourdement sur le velours bleu roi de son fauteuil. Avec les gestes saccadés et la démarche d'automate d'un ressuscité qui réapprendrait à vivre, il fait quelques pas jusqu'à la cheminée de marbre dans laquelle un feu de bois finit de se consumer, comme pour mieux respecter le deuil de son unique spectateur.

- "Je tiens à rendre hommage à votre collègue, Inspecteur. Ses paroles de réconfort m'ont fait plus de bien que le traitement de choc du Docteur Stanwell."

Je regarde Betty, qui ne peut s'empêcher de rougir délicieusement et lui lance un clin d'œil approbateur en surenchérissant :

- "Oui. Je me félicite d'avoir une collègue aussi humaine et psychologue."
- "C'est elle qu'il faut féliciter !" rectifie Lord Alderson en retrouvant enfin un embryon d'humour. "A moins que vous ne l'ayez choisie vous-même... Cela dit, Inspecteur, j'ai voulu vous voir parce que je crois que vous avez enfin interrogé Edward Spencer ce matin. Du moins, c'est ce que l'on m'a dit pour expliquer votre absence."

- "C'est exact, Monsieur. Et je puis vous dire qu'il y a du nouveau, bien que nous ne tenions pas encore le coupable..."
- "Racontez-moi tout, Inspecteur. Je suis impatient de savoir ce que cette ordure a pu vous raconter pour ne pas être déjà sous les verrous."

Il faut le préparer à la description de mes découvertes paradoxales.
- "Malheureusement, Monsieur, ce n'est pas aussi simple."

Puis j'entreprends de décrire de bout en bout l'entretien que j'ai eu le matin même avec le comptable de Mapletown. Lord Alderson se borne à ricaner nerveusement chaque fois qu'une allusion ravive les origines lointaines d'une haine devenue mortelle depuis le double meurtre des Fleet. Désireux de jouer la franchise, je commente les indices et autres coïncidences troublantes que constituent les cigarettes, les chaussures de tennis et le soi-disant vol du précieux cadeau de Mary von Knaben. Mais lorsque j'insiste sur les solides alibis de l'expert comptable à l'appui de mes vérifications ultérieures au Golf Club de Coldfield, Lord Alderson explose soudain malgré lui.

- "Par exemple ! Mais que vous faut-il d'autre, Inspecteur Flag ? Quoi ! Vous interrogez le principal suspect, vous découvrez chez lui les chaussures de l'assassin et au même moment on retrouve sa montre sur les lieux du crime ! Et vous ne l'arrêtez pas ?"
- "Comprenez-moi, Monsieur. Une arrestation est une décision grave qu'on ne peut prendre que sur la base de preuves irréfutables. Et dans le cas de Monsieur Spencer, il semble que toutes ces "preuves" aient pu être fabriquées de toutes pièces par une tierce personne,

afin de manipuler vos soupçons et de nuire à votre cousin autant qu'à vous-même."

- "Mais c'est totalement insensé !" crie-t-il soudain en recouvrant une vitalité inquiétante. "Inspecteur, je vous somme d'arrêter ce salopard aujourd'hui même. Faute de quoi vous porterez l'entière responsabilité d'une erreur irréparable. Je me fiche pas mal de crever demain à cause de votre négligence, mais je veux, j'exige qu'on venge la mort de ma sœur et de mon beau-frère, entendez-vous ?"

J'essaie de conserver mon calme, non sans difficulté.

- "Mais je ne fais rien d'autre, Monsieur ! Cela dit, je ne ferais pas mon métier si j'arrêtais Monsieur Spencer en l'état actuel des choses."
- "Alors, qu'attendez-vous ? Qu'il vienne m'assassiner sous vos yeux pour se faire prendre en flagrant délit ? Vraiment, Monsieur Flag, vous avez une drôle de conception de votre métier ! On ne perd pas son temps à vérifier les alibis d'un menteur quand on détient des preuves aussi évidentes !"
- "Mais enfin, Monsieur, vous rendez ma tâche impossible si je dois suivre votre conseil. Je vous ai pourtant expliqué pourquoi ces preuves ont l'air factices. Pensez-vous un instant que votre cousin soit bête au point de laisser tant de traces derrière lui pour votre plus grand plaisir ?"
- "Inspecteur," insiste-t-il plus que jamais, l'imagination bornée par la colère du désespoir, "je ne vous pose qu'une seule question : oui ou non, allez-vous arrêter Edward Spencer ?"

L'ultimatum me fait hésiter quelques instants, et pour rompre un silence qui devient paralysant, j'ose la seule réponse possible.

- "Pas encore."
- "Dans ce cas, vous n'avez plus rien à faire chez moi. Sortez, Monsieur. Je vous ferai remplacer par quelqu'un de plus compétent."

A court d'argument face à l'impasse d'une telle situation, je décide de quitter la pièce en m'en remettant à Betty pour la suite des événements. Elle approuve mon départ d'un léger hochement de tête, tandis que son regard m'assure qu'elle fera l'impossible pour me sauver d'une aussi injuste disgrâce.

Je dois patienter pendant une interminable demi-heure, en faisant les cent pas dans un long couloir voûté qu'assombrit une débauche de boiseries trop finement sculptées. Je me fais l'effet d'un accusé attendant la délibération des jurés dans l'appréhension d'un verdict qui peut être fatal à ma carrière. Fort heureusement, Betty me revient enfin, arborant un large sourire doublé d'une évidente fierté.

- "Venez, Donald. Lord Alderson vous attend !"

Subjugué par la magie des charmes du Sergent Beetle, l'homme qui venait de me mettre à la porte m'accueille avec une chaleur tout aussi déconcertante et m'offre aussitôt une paix inespérée.

- "Je vous prie de bien vouloir pardonner mon éclat, Monsieur Flag. Ces événements m'ont rendu fou furieux, et sans le bon sens de Mademoiselle, je

n'aurais pas compris toute l'ingéniosité de votre stratégie."
- "J'ai aussi mes torts, rassurez-vous. Si j'avais eu la finesse de ma collègue, j'aurais tenu compte de votre fatigue en vous évitant la difficulté d'un entretien comme celui-ci."
- "Non, non. Vous n'avez rien à vous reprocher. Tout au contraire. Votre franchise vous honore et, en temps normal, j'apprécie toujours ceux qui ont le courage de leurs opinions."
- "Parfait ! Je suis heureux de jouir à nouveau de votre confiance, car il me la faudra toute entière pour satisfaire votre soif de justice."
- "Vous l'avez, Monsieur Flag. Et désormais, je vous laisserai agir à votre guise, et j'éviterai de mener l'enquête à votre place. Sinon, je serais aussi agaçant qu'un patient qui prétendrait toujours en savoir plus que son médecin. Mais dites-moi plutôt ce que je peux faire pour vous aider dans votre tâche ?"
- "Ma foi, rien de particulier pour le moment. D'ailleurs, en ce qui concerne votre cousin, je puis vous dire qu'il est au comble de l'inquiétude depuis notre entrevue. Il sait qu'il est officieusement le suspect numéro un, non seulement à vos yeux, mais aussi dans la presse régionale."
- "Oui. J'ai lu l'article ce matin, dans le Daily Telegraph..."
- "Justement, à ce propos, avez-vous rencontré des journalistes au sujet de notre affaire ?"
- "Non. Plusieurs personnes sont venues solliciter une interview peu après le drame, mais j'ai chaque fois donné l'ordre de les reconduire."
- "Dans ce cas, comment ont-ils appris tant de détails sur notre enquête ?"

- "Je ne sais pas. Peut-être ont-ils fait parler James. Après tout, je ne lui avais pas interdit de donner son témoignage."
- "C'est possible, en effet. Me permettez-vous de l'interroger sur ce point ?"
- "Naturellement. Mais pourquoi attachez-vous tant d'importance à ce détail ?"
- "Disons que c'est une piste possible... En fait, je voudrais vérifier la provenance de ces informations et surtout de la conclusion qui accuse votre cousin, comme si les indices de ce matin étaient connus d'autres personnes..."
- "Très franchement, je ne vois pas où vous voulez en venir, Monsieur Flag."
- "Mais si, voyons. Si la thèse de l'innocence de Monsieur Spencer est encore possible, cela veut dire que l'assassin a tout intérêt à le faire accuser à sa place, pour échapper à notre poursuite et vous induire en erreur. Et si personne de votre entourage n'a parlé de soupçons contre votre cousin, cela prouve de manière irréfutable que le corbeau utilise la presse. Auquel cas l'interrogatoire des journalistes concernés permettra sûrement de faire avancer notre affaire. Vous me suivez ?"
- "Parfaitement. Voilà qui est bien pensé. Voulez-vous que j'appelle James dès maintenant ?"
- "Volontiers."

Quelques instants plus tard, James pénètre dans l'anti-chambre. Avec sa raideur professionnelle, il s'avance d'un pas assuré puis, s'arrêtant net à la distance réglementaire qui sépare les valets des maîtres, s'enquiert sur un ton monocorde en articulant chaque syllabe à la perfection.
- "Monsieur m'a appelé ?"

- "Oui, James." Confirme le Lord d'une voix presque paternelle. L'Inspecteur Flag voudrait vous poser quelques questions."
- "Monsieur m'autorise-t-il à répondre ?"
- "Naturellement, voyons. Sans cela je ne vous aurais pas sonné !"
- "Que Monsieur me pardonne. Je vous écoute Monsieur l'Inspecteur."

Déformé par son métier au point de n'avoir plus aucune intonation humaine, il me fait l'effet d'un ordinateur déguisé en bipède civilisé.

- "Voilà. C'est au sujet des journalistes qui sont venus au manoir depuis l'explosion du yacht de votre maître. Vous vous rappelez que Lord Alderson n'a pas voulu les recevoir, n'est-ce pas ?"
- "C'est cela, Monsieur. Et je les ai moi-même reconduits jusqu'à leur voiture."
- "Bien. Ce qui m'intéresse, c'est de savoir s'ils vous ont interrogé."
- "Bien sûr, Monsieur l'Inspecteur ! Et ils étaient très curieux, comme Monsieur peut l'imaginer."
- "Pourrais-je savoir ce que vous leur avez dit, très exactement ?"
- "Je leur ai dit ce que je savais afin qu'ils n'importunent plus mon Lord... Mais ils revenaient à la charge et chaque fois, je devais leur donner des détails supplémentaires pour m'en débarrasser."
- "C'est bien dommage pour la police !" conclut le Lord en déplorant sincèrement la chose.
- "Monsieur veut dire que je n'aurais pas dû ?"

93

- "Non, mon bon James. Ce n'est pas grave. Je ne vous avais pas expressément dit de vous taire et, de plus, vous avez parlé pour préserver ma tranquillité."
- "Merci Monsieur."
- "Et lorsqu'ils vous ont demandé si l'on avait des soupçons, car je suppose qu'ils vous ont posé cette question, que leur avez-vous dit ?"

James hésite d'une manière inhabituelle pour sa fonction, au point que son maître s'en trouve lui-même surpris.

- "Eh bien, James, répondez sans crainte."
- "J'ai dit que c'était sûrement le corbeau, enfin, l'auteur des lettres qui ont tant troublé Monsieur avant les attentats de ces derniers jours…"
- "Mais encore ? N'avez-vous pas, par hasard, mentionné quelqu'un en particulier ?"
- "Je… j'ai seulement dit que Monsieur ne se connaissait qu'un ennemi, je veux dire, le cousin de mon Lord."
- "C'est-à-dire Edward Spencer !" conclut Betty avec résignation. "Encore une piste qui se referme en impasse, n'est-ce pas, Donald ?"
- "Oui. Décidément, il semble que les journalistes aient facilement trouvé leur matière première ! Au fait, depuis combien de temps avez-vous James à votre service ?"
- "Pratiquement depuis mon mariage." répond le Lord en se remémorant des moments visiblement plus heureux. "Il était très jeune alors, et venait de perdre accidentellement ses parents qui travaillaient déjà pour notre famille. Nous l'avons recueilli et pratiquement adopté, à sa propre demande, n'est-ce pas, James ?"

- "Oh oui, Monsieur. Et je dois dire que vous m'avez tout appris, afin que je puisse remplacer dignement mon père à votre service."
- "Vous connaissez donc de longue date l'entourage de Lord Alderson ?"
- "Oui, Monsieur l'Inspecteur. Je peux même me vanter d'avoir la plus grande ancienneté dans cette noble maison."
- "Et selon vous, qui d'autre que Monsieur Spencer pourrait en vouloir à votre maître ?"

Le zélé serviteur trahit un nouvel embarras, mais d'une manière plus subtile, comme s'il avait très envie de nous confier quelque chose sans pouvoir le dire en présence de Lord Alderson. Le connaissant depuis tant d'années, ce dernier le comprend aussitôt, mais préfère aider à l'accouchement d'une réponse douloureuse.

- "Allons, James. Je crois savoir à qui vous pensez. Dites ce que vous avez sur le cœur."

James hésite encore, puis s'exprime d'une voix pour la première fois teintée d'émotion.

- "Je pense au fils de mon Lord, je veux dire... Monsieur Christopher."

Instinctivement, je regarde le maître, dont le visage se crispe à nouveau à l'idée d'une éventualité aussi insupportable. Ayant déjà essuyé les aléas de sa précédente crise, je préfère lui épargner une rechute dont je risquerais de faire les frais, quitte à poursuivre ailleurs l'interrogatoire de James.

Nous prenons congé de notre hôte en nous faisant raccompagner par le serviteur trop bavard, non sans avoir préalablement détourné la pénible conversation en prenant des nouvelles de la petite Carol. Lord Alderson nous apprend qu'elle habite provisoirement chez une belle-sœur de Rosemary en attendant la fin de son année scolaire à Mapletown. Ensuite, il est question qu'elle s'installe définitivement au manoir d'Aldersea pour vivre chez son oncle préféré, nouvelle ô combien réconfortante qui permet à Lord Alderson de nous quitter sur un sourire aussi inattendu qu'un arc-en-ciel au plus profond d'une caverne.

En quittant le manoir aux côtés de Betty, je fais machinalement le compte des pertes et profits de cette journée mouvementée, lesquels semblent curieusement s'équilibrer malgré les bouillonnements imprévus de notre cuisine policière. Par un sain réflexe défensif, je sauve la face devant le miroir déformant de mon autocritique en me disant qu'après tout, les multiples impasses sur lesquelles bute notre progression font tout de même avancer les choses par le jeu empirique de l'élimination. Mais au moment de déposer Betty à l'endroit qu'elle m'indique, je reviens malgré moi à des considérations plus personnelles pour lui dire toute ma gratitude admirative.

- "Je vous dois une fière chandelle pour tout à l'heure. Votre diplomatie m'a tiré d'un faux pas que j'aurais pu éviter."
- "C'est vrai," réplique-t-elle en souriant sournoisement. "Je crois que vous manquez de psychologie, Donald !"
- "N'empêche que si vous ne m'aviez pas sauvé, vous auriez gagné un autre collègue, peut-être plus psychologue !"

- "Qui vous dit que j'avais envie de changer ? Vous avez d'autres qualités, et de toute façon, je suis diplomate pour deux, n'est-ce pas ?"
- "C'est le moins qu'on puisse dire. Je compte d'ailleurs sur vous pour me donner des leçons d'humanité et de délicatesse."
- "Soit, je vous apprendrai tout cela peu à peu. Mais que pourriez-vous m'enseigner en échange ?"
- "Alors ça, je ne sais pas !... Euh... la conduite automobile, par exemple ?"

Elle éclate d'un rire franc qui prouve qu'elle apprécie comme humour ce qu'elle aurait pris pour une insulte quelques jours plus tôt. Nous nous séparons presque à regret, et le reste de ma soirée se trouve ensoleillé par la teneur prometteuse des propos de Betty. Non seulement commence-t-elle à accepter le principe de mes conseils au volant, mais encore elle estime son collègue au point de le regretter si elle devait en changer. Je finis par m'endormir ainsi, harassé de fatigue, dans la sérénité que procure une journée bien remplie, laissant divaguer mon esprit somnolent entre la colère du Lord et la candeur de Betty, au terme d'un labeur enrichi du contraste entre le plus et le moins, le noir et le blanc, ou le yin et le yang de la sagesse orientale.

# V

Il est environ six heures trente lorsque je termine ma nuit solitaire sur un rêve palpitant et symptomatique. Betty, poursuivie par un meurtrier déguisé en corbeau, écrase la sonnette stridente de mon appartement et frappe du pied contre le bois de la porte d'entrée, en me suppliant de lui donner refuge et de la protéger. Hélas ! Ce n'est que la sonnerie frénétique de mon gros réveil, cadeau d'anniversaire démodé d'une adolescence révolue, tandis que les bruits sourds sont les fruits du travail indélicat des éboueurs dans la rue.

Mon imagination doit se rendre à l'évidence : Betty ne goûte pas encore la sécurité musclée de mes bras protecteurs, et je ne peux compter que sur moi-même pour préparer le *breakfast* sans lequel ma journée serait perdue d'avance. Une fois rasé de près et revigoré par les vertus d'une douche involontairement fraîche, je déjeune de bon appétit tout en réfléchissant avec une lucidité croissante au fur et à mesure que les éléments de ma première enquête reprennent leur place dans le puzzle encore incomplet de ma pensée. Il ne me faut pas moins de cinq toasts de pain complet moelleux nappés de beurre et de miel pour fixer le programme de cette nouvelle journée. D'abord, passer au commissariat central pour confier au laboratoire les nouveaux éléments découverts lors de ma visite chez Edward Spencer, en particulier cette paire de "tennis" énigmatique que je contemple à quelques pas de ma kitchenette. Délicatement placées sur une table basse de verre fumé, ces prothèses sportives prennent soudain la valeur insondable d'une antiquité, transformant ma mastication matinale en une méditation involontaire, au même titre que la statuette égyptienne qui leur fait face et dont le reflet semble assombri de jalousie.

Ensuite, il faudra attendre Betty, avec la patience d'un mari devant une porte de salle de bains. Certes, notre rendez-vous est fixé à huit heures trente, mais l'habitude, bien que récente, me force à prévoir un bon quart d'heure de battement, sans doute les quinze minutes incompressibles qui séparent nombre de couples dès leur première heure de vie commune. Et comme d'habitude, elle va poliment s'enquérir de mes instructions, lesquelles seront de rendre visite à Christopher Alderson au plus tôt, en prenant soin de laisser Edward Spencer mijoter dans son bouillon d'incertitude et d'anxiété.

A quelques minutes de ces réflexions, je quitte mon studio en me réjouissant de constater qu'un tissu quotidien me rapproche déjà du Sergent Beetle, et qu'à ce train là, Cupidon aura tôt fait de rattraper l'assassin des Fleet quant au nombre de ses victimes. Qui sait ? Peut-être a-t-elle fait le même rêve exaltant et partagé à distance la déception d'un réveil solitaire ? Il est vrai que j'ignore alors la double surprise qui m'attend dans le hall de réception du commissariat, car Betty s'y trouve déjà et pressent à coup sûr de quoi la journée sera faite.

- "Tiens, vous êtes déjà là, chère collègue ?"

- "Oui. J'ai rencontré un ami d'enfance qui m'a déposée en voiture. Il allait dans la même direction"
- "Ah bon… Et bien, tant mieux. Car j'ai une autre direction à vous proposer. C'est celle de Croydon, et plus tôt nous y serons, mieux cela vaudra !"
- "Ok boss. Mais il faudra d'abord répondre à cet appel urgent." Précise-t-elle en me tendant un message du standard téléphonique.
- "Qu'est-ce que c'est ?"
- "C'est Mademoiselle Parker, vous savez, l'assistante de Monsieur Spencer. Elle a téléphoné au standard à deux reprises en moins d'une demi-heure, paraît-il."
- "Et sait-on ce qu'elle veut ?"
- "Je l'ignore. Je suis arrivée seulement cinq minutes après son dernier appel. Mais elle a fait préciser que c'est de la plus haute importance."
- "C'est ce que je vois sur la note. Eh bien, consacrons lui cinq minutes… tenez, prenez l'écouteur, au cas où il y aurait des notes à prendre."
- "Allo ? Le cabinet de Monsieur Spencer ? Inspecteur Flag à l'appareil."
- "Ah ! Inspecteur ! Enfin ! Je désespérais de pouvoir vous joindre ! Il est sûrement arrivé quelque chose à Monsieur Spencer ! Et après tout ce que j'ai lu dans les journaux à son sujet, je crains que…"
- "Allons, Mademoiselle, je vous en prie. Calmez-vous et expliquez-moi clairement ce qui vous inquiète tant."
- "Eh bien, voilà, Inspecteur. Je suis arrivée au bureau à huit heures moins cinq, comme d'habitude, et j'ai attendu le coup de fil de mon patron, à huit heures précises."
- "Que voulez-vous dire ? Il devait vous téléphoner ?"
- "Bien sûr, Inspecteur, comme tous les jours. Il téléphone systématiquement à huit heures pile pour

donner ses instructions et se tenir au courant des appels enregistrés sur le répondeur."
- "Même quand il ne travaille pas ?" dis-je en ignorant qu'un tel zèle puisse exister.
- "Tous les jours, vous dis-je ! A plus forte raison quand il est en vacances. Et même en temps normal, puisqu'il n'arrive au bureau qu'à neuf heures trente."
- "Bon, soit. Mais qu'est-ce qui vous fait croire qu'il est en danger ?"
- "Mais enfin, Inspecteur, ça ne fait pas l'ombre d'un doute ! On voit bien que vous ne le connaissez pas ! Depuis que je suis à son service, jamais il n'a manqué cet appel. Il est tellement pointilleux qu'il m'a même appelée d'un lit d'hôpital ou de l'étranger."
- "Je vois. Etant donné ce que disent les journaux, vous avez de bonnes raisons de vous inquiéter."
- "J'espère que je me trompe, Inspecteur. Mais ça lui ressemble si peu !"
- "Bien sûr, bien sûr... Mais vous devriez patienter. Peut-être vous appellera-t-il dans la matinée..."
- "Mais enfin, Inspecteur, je croyais que vous aviez compris ! Vous vous doutez bien que j'ai essayé de le joindre à plusieurs reprises, mais personne ne répond !"
- "En somme, vous voulez que je lui rende visite simplement parce qu'il a trente-cinq minutes de retard pour vous téléphoner..."
- "Exactement !"
- "Ne quittez pas, Mademoiselle Parker. Qu'en dites-vous, Betty ?"

Elle incline un visage résigné, comme pour s'accommoder physiquement de cette circonstance imprévue.

- "Il est peut-être plus prudent de vérifier. Même si Mapletown n'est pas dans la direction de Croydon !"
- "Soit. Nous allons vérifier cela sur place, Mademoiselle Parker. Avez-vous averti le commissariat de Mapletown ?"
- "Non. J'ai pensé à vous parce que vous étiez passé au bureau hier matin. Faut-il que je leur téléphone ?"
- "Non, merci, ce n'est pas la peine. Vous auriez encore plus de mal à les convaincre que nous, puisque notre affaire ne les concerne pas directement. Cela dit, rappelez-nous si vous avez du nouveau. Le standard fera suivre le message."
- "Très bien, Inspecteur, je vous remercie."
- "Il n'y a pas de quoi, Mademoiselle. Au revoir !"

Intrigués par cet appel inattendu, et plus encore par l'inquiétude communicative de la parfaite secrétaire, nous devons laisser de côté la direction de Londres au profit d'une route que je connais déjà depuis la veille. Et comme le chemin me paraît d'autant plus long que ma curiosité grandit au fil des kilomètres, je décide de tuer le temps en parlant à Betty sur un ton nonchalant et désintéressé.

- "Si je comprends bien, je n'aurai plus besoin de vous attendre tous les matins…"
- "Que voulez-vous dire, Donald ?"
- "Eh bien, je suppose que si vous pouvez désormais vous faire accompagner en voiture, vous n'aurez plus de raison d'être en retard !"
- "Hélas si ! Howard est rarement à Aldersea, en fait. Mais c'est plutôt mieux ainsi."
- "Vraiment ? Je croyais que c'était un ami d'enfance…"

Betty échappe un adorable soupir qui la trahit, tout en souriant de me voir visiblement soulagé.

- "Justement ! C'est toujours un ami d'enfance, alors que je ne suis plus une enfant !"
- "Ah ! Je crois comprendre. Une amitié à sens unique, en quelque sorte."
- "Pire que ça, Donald : un amour à sens unique !"
- "Ah bon ? Il est amoureux de vous ?"

Mon petit Sergent écarquille les yeux en affectant d'être froissée par mon interrogation.

- "On dirait que cela vous surprend !"
- "Non ! non, bien au contraire ! Mais ce qui me surprend dans ces cas-là c'est que le sentiment ne soit pas réciproque."
- "Je sais. Les hommes ont toujours du mal à comprendre ce genre de choses. C'est pourtant de la psychologie élémentaire."
- "Alors, j'ose réclamer ma première leçon ! N'oubliez pas votre promesse d'hier…"
- "Pourquoi pas !" réplique-t-elle aussitôt, en prenant le ton d'un éminent professeur en chaire… "Pour commencer, il faut respecter l'autre en évitant tout empressement…"
- "C'est-à-dire ?"
- "C'est-à-dire qu'il faut jouer avec le temps et la patience, en amenant l'autre à l'idée que l'on a sans aucune déclaration intempestive."
- "Diable ! Comment se faire comprendre, alors ?"
- "Seulement par des attitudes spontanées, des comportements appropriés, et par l'écoute mutuelle. Les femmes appellent ça le tact. Mais les hommes ne

connaissent que la diplomatie, et croient que c'est un métier réservé aux relations internationales."
- "Voilà qui est intéressant. En somme, c'est le problème des aimants qui se repoussent…"
- "Oui. C'est tout à fait ça. Et il suffit d'un peu de patience et de temps pour que les deux pôles s'attirent enfin lorsqu'ils sont assez compatibles. D'ailleurs, ça me rappelle le rêve que j'ai fait la nuit dernière." ajoute-t-elle sur un ton allusif.
- "Tiens, tiens ! Et serait-il indiscret de vous demander de décrire ce beau rêve, à titre d'illustration de ma première leçon ?"
- "Non. D'autant plus, qu'en fait, vous étiez concerné."
- "Sans blague ? Vous voulez dire que j'étais le héros de votre rêve ?"
- "Mmm, pas vraiment… Je dirais plutôt la victime ! J'ai dû être impressionnée par votre altercation avec Lord Alderson…"
- "Et alors ?"
- "Alors, vous étiez condamné à mort par un juge qui ressemblait trait pour trait au Lord, et vous imploriez sa grâce en vain. Heureusement…"
- "Oui ?..."
- "Une jeune et ravissante avocate vous sauvait la vie in extremis."
- "Vraiment ? Et à qui ressemblait l'avocate ?"
- "Allons ! Ne faites pas l'innocent. Vous savez très bien que c'était moi !"

Je suis à la fois charmé d'apprendre que nous rêvons l'un à l'autre, et consterné de tenir un si mauvais rôle dans les fantasmes nocturnes d'un sergent de province. Mais je me console en remarquant qu'après tout, nos rêves sont trop symétriques pour ne pas être la preuve inavouée d'un sentiment réciproque.

- "Et vous croyez qu'on peut interpréter les rêves ?"
- "Certainement. Mais leur sens est toujours très imprécis, car chaque individu a un code symbolique subconscient qui lui est propre."
- "Autant dire que c'est impossible !"
- "On dirait que vous le regrettez. Dois-je comprendre que vous avez rêvé, vous aussi ?"
- "Moi ? Oh non ! Vous plaisantez... Je rêve peut-être, mais je ne m'en souviens jamais."

Ce petit mensonge me permet de clore notre conversation à quelques virages de la villa d'Edward Spencer, tandis que je savoure le plaisir de mieux connaître Betty sans avoir eu le temps de lui dévoiler les errements nocturnes de son chef. En quittant la petite route pour engouffrer notre Austin dans l'épaisse végétation qui camoufle le vieux canal, je tire la conclusion de ma première leçon de psychologie et me gratifie d'annotations satisfaisantes. Betty, vient de me donner de précieux conseils sur la façon de l'intéresser, puis de l'attacher, à ma modeste personne. Enfin, nos rêveries réciproques confirment l'évolution d'une belle amitié dans laquelle nous partageons déjà le plus clair du conscient de nos journées et le plus obscur de l'inconscient de nos nuits.

- "C'est lugubre !" s'étonne mon sergent en découvrant en guise de villa un mausolée de verre et de béton silencieusement caché comme un blockhaus du troisième millénaire.

Emprisonnée sous la toiture opaque de feuillus anarchiques, la brume transpirée par le canal assoupi se fixe sur les baies de verre fumé en de tristes tableaux de buée dégoulinante, justifiant un frisson que Betty a grand mal à maîtriser.

- "Vous croyez que c'est habité ?"
- "Naturellement. Mais Monsieur Spencer est aussi discret que ses pensionnaires."
- "Ses pensionnaires ? Vous n'allez pas me faire croire que c'est un endroit pour un *bed-and-breakfast* !"

Faut-il lui parler du loisir obsédant de l'expert en araignées et de sa grouillante collection ? Non. Bien au contraire, il est préférable de lui laisser découvrir l'hideux assortiment en espérant que sous le double effet de l'horreur et de la surprise, elle se précipite à mon cou, pour la plus grande satisfaction de mon orgueil masculin. Après avoir activé en vain le carillon de l'entrée, dont le timbre aigrelet n'éveille aucune réponse perceptible, je décide de mettre de côté la politesse et ouvre la porte de fer forgé que des dessins géométriques alourdissent en un vitrail étrangement païen."

- "Ce n'est pas fermé à clé ?"
- "Non. Mais c'est normal. C'est l'habitude de Monsieur Spencer, d'après ce qu'il m'a dit."

Nous pénétrons discrètement au sein de cette architecture futuriste, tels des égyptologues au cœur d'une pyramide, mais l'émerveillement de ces derniers est aux antipodes de l'inquiétude croissante qui nous envahit. Je sens Betty anormalement nerveuse, et je m'en veux intérieurement d'être empreint de pessimisme par une sorte de contagion amicale. Afin de nous rassurer, j'ose la première suggestion venue.

- "Il est peut-être sorti faire un jogging, comme lors de ma première visite."

Insensiblement, je dirige nos pas et leurs échos de marbre vers le living-room que nous explorons sans oser l'éclairer, ce dont je me félicite en pensant à la surprise de Betty.

- "Tiens, qu'est-ce que c'est que ce truc ?" s'interroge-t-elle en atteignant la première la réserve de monstruosité.
- "Méfiez-vous, Betty : c'est un vivarium rempli d'araignées !"

A ma plus grande stupéfaction, je la vois seulement se pencher par curiosité au lieu de se jeter dans les bras musclés que je suis sur le point de lui tendre.

- "Vous plaisantez, Donald ! Je ne vois pas la moindre araignée... D'ailleurs, la vitre est cassée : regardez !"
- "La vitre est cassée ? Mais alors... la mygale africaine !"

En prononçant ces mots, je n'ai d'autre choix que de saisir ma collègue par l'épaule afin de l'obliger à reculer.

- "Mais enfin, Donald, que se passe-t-il ? Expliquez-vous !"
- "Minute !" fais-je précipitamment en éclairant la pièce de tous les feux qu'elle peut contenir.
- "Ma parole ! L'Inspecteur Flag aurait-il peur d'une araignée ?"
- "Tout dépend de quelle araignée vous parlez !"
- "Je ne comprends pas..."

Je scrute chaque mètre carré de l'œil soupçonneux d'un démineur professionnel.

- "Je veux dire que, sans aucun racisme, la mygale africaine est cent fois plus dangereuse que sa cousine européenne."
- "Vous… vous voulez dire…"
- "Mortelle !"
- "Mon Dieu !" crie-t-elle en se raidissant soudainement : "Là ! La voilà !"

Elle pointe un doigt tremblant vers le bas du canapé près duquel une bestiole de belle taille semble se tenir à l'affût. Mais je suis soulagé de la reconnaître et de pouvoir enfin faire preuve de quelque bravoure.

- "Celle-là je la connais : c'est Napoléon !"

Muni d'un presse-papier de fonte emprunté sur le bureau voisin, je m'approche lentement de l'empereur à huit pattes, puis l'aplatis sans merci avec la satisfaction d'un Wellington à Waterloo.

- "Bravo, Donald ! Vous l'avez eue du premier coup !"
- "Oui. Mais ce n'était pas l'africaine ! Venez, ne restons pas là."

Nous continuons l'exploration de la villa silencieuse avec une prudence accrue, tout en essayant d'imaginer ce qu'Edward Spencer a pu devenir.

- "Il… il a peut-être été mordu par la mygale ?" suggère Betty en me suivant enfin de très près.
- "C'est peu probable de la part d'un connaisseur. Mais il s'est passé quelque chose d'anormal pour que le vivarium soit brisé. Peut-être que Spencer est tout simplement parti…"

- "Parti ? Où ça ?"
- "Est-ce que je sais, moi ! Il s'est peut-être enfui à l'étranger, à cause des accusations de la presse."
- "Pourquoi pas. Ce serait une belle preuve de culpabilité. Mais comment expliquez-vous que le vivarium soit démoli ?"
- "Ce ne serait pas le plus étonnant. Il aime trop ces animaux-là pour les laisser mourir de faim. A moins qu'il n'ai voulu simuler son propre enlèvement !"
- "Vous croyez, Donald ?"
- "Je ne crois pas, Betty. J'imagine. Mais il faut s'attendre à tout de la part d'un bonhomme pareil."

En parlant de la sorte afin de nous rassurer mutuellement, nous descendons les escaliers du garage, où l'imposante Plymouth nous attend, prouvant combien l'hypothèse d'une fuite semble irréaliste. Après avoir machinalement vérifié le placard à chaussures que je connais si bien, Betty me précède dans l'ouverture d'une autre porte qu'elle lâche aussitôt entr'ouverte pour se précipiter sur moi en criant son horreur. Au beau milieu d'une petite pièce en sous-sol mal éclairée par un vasistas à barreaux, et dont le seul intérêt est de posséder une poutrelle transversale, Edward Spencer est pendu, dans une immobilité cadavérique qui prouve que nous arrivons trop tard.

J'étreins volontiers ma collègue afin de l'aider à encaisser le deuxième choc de sa carrière, tandis que mon subconscient, insensible à la démographie des experts comptables, regrette égoïstement de ne pouvoir prolonger cet instant. Puis viennent les réactions professionnelles qui semblent déjà devenir un réflexe de routine depuis l'attentat de la baie d'Aldersea. Il faut avertir nos confrères de Mapletown et faire venir d'urgence toute la cour policière attirée par ceux qui ont le mauvais goût de mourir anormalement.

Les deux jours qui suivent cette découverte macabre sont naturellement consacrés à la recherche de nouveaux indices. Car s'il est indéniable que Monsieur Spencer était pendu lors de notre arrivée, rien ne permet d'affirmer qu'il se soit pendu de son plein gré. Certes, tous les ingrédients classiques du suicide d'un désespéré semblent réunis : l'angoisse solitaire d'un homme important menacé dans sa réputation, deux exemplaires de journaux différents retrouvés sur le siège avant gauche de la Plymouth et dont les articles éclaboussent odieusement le comptable que la police n'inquiétait pourtant pas encore, enfin les simples outils qui font de la pendaison la forme la plus économique de l'autodestruction : la poutrelle, la corde et le tabouret stupidement renversé. Quant à l'autopsie d'urgence pratiquée quelques heures après notre visite inoubliable, elle établit que la mort date de la veille au soir, très probablement entre onze heures et minuit, s'il faut en croire le degré de digestion des derniers œufs brouillés qu'Edward Spencer ait jamais savourés. En tout cas, le cadavre portait encore les habits de la veille selon ce que prouvent plusieurs témoignages pour une fois concordants.

Et pourtant, ces multiples éléments ne suffisent pas pour établir la version du suicide comme seule réalité possible, tant il paraît évident que d'autres éléments contredisent cette hypothèse. L'autopsie elle-même ne manque pas d'une certaine ambiguïté dans ses résultats. Certes, l'étranglement et la mort par asphyxie ne laissent planer aucun doute selon l'avis des deux médecins passés maîtres dans l'art de faire parler la chair humaine. Mais l'analyse plus fine des poumons et des terminaisons du système circulatoire suggère une asphyxie beaucoup plus lente que ne le permet l'étranglement propre et net d'une corde judicieusement nouée. Forts de cette observation paradoxale, les experts ont étudié plus attentivement les tissus du cou de l'infortuné comptable, pour en arriver à la conclusion que nombre de cartilages semi-circulaires ont été détériorés par écrasement sur une longueur telle que la pendaison ne peut pas tout expliquer. Leur observation médicale offre ainsi deux possibilités : soit Monsieur Spencer a raté son suicide à plusieurs reprises ou anormalement gigoté en jouant au pendule, soit "on" l'a aidé à se suicider en l'étranglant au préalable, auquel cas il se serait apparemment débattu.

Et puis il y a le reste, en particulier ce livre d'entomologie trouvé ouvert sur le bureau du vaste salon, à côté d'un carnet de notes personnelles et d'un stylo sans capuchon. Quoique imprécise, l'analyse de l'encre montre que les dernières notes prises par Edward Spencer datent sans nul doute de la même soirée. Comment un homme déterminé à se supprimer pouvait-il s'intéresser calmement à la science des araignées quelques heures avant son geste ? Autant croire que le comptable s'était pris pour une épeire diadème en voulant tisser sa toile depuis la poutre de la petite cave ! De même, pourquoi un homme organisé au point d'en devenir maniaque par déformation professionnelle n'avait-il pas écrit une lettre d'adieu à l'intention de sa femme en voyage ?

Nous en sommes à ce point mort de nos recherches après plus de quarante-huit heures d'investigations contradictoires lorsque j'entreprends avec Betty une ultime inspection des lieux avant d'en retourner rendre compte à Lord Alderson. Par acquis de conscience, nous faisons nos adieux au vivarium déserté lorsque Betty s'interroge subitement à la vue d'une petite poignée placée sous un angle de la triste cage de verre.

- "Tiens. A quoi peut bien servir cette manette ?"
- "Je l'ignore. Peut-être à transporter le vivarium ?"

Betty s'accroupit légèrement afin de vérifier les autres côtés.

- "Non. C'est impossible. Il y aurait une poignée à chaque angle. Dans ce cas, il n'y a plus qu'une chose à faire." conclut-elle en abaissant la poignée en question.

Un déclic ébranle le panneau principal et le fait pivoter sur son côté droit, libérant un accès facile à l'ensemble du vivarium.

- "Voilà qui est intéressant, Donald !"
- "Vous trouvez ? Auriez-vous l'intention d'acquérir un vivarium ?"
- "Non. Mais je me demande pourquoi Monsieur Spencer aurait cassé la vitre, puisqu'il connaissait sûrement l'existence de cette manette."
- "C'est ma foi vrai. Mais quelle est donc votre déduction, chère collègue ?"
- "Eh bien, c'est limpide : la vitre a dû être cassée par accident, ce qui prouve que Monsieur Spencer s'est bel et bien battu et ne s'est donc pas suicidé."
- "C'est fort probable, et vous prêchez un converti, Betty. D'autant plus que le tabouret retrouvé près du pendu fait partie du mobilier de ce salon et porte des traces de rayures récentes attribuables à du verre."
- "Ainsi, vous étiez déjà fixé sur le sort de la victime ?"
- "Oui. A vrai dire, j'en suis persuadé depuis la lecture du rapport d'autopsie."
- "Alors pourquoi semblez-vous si peu satisfait ?"
- "Parce qu'aucun des indices trouvés dans cette sacrée maison ne permet de…"

Le téléphone couvre ma voix d'une sonnerie si stridente que Betty en sursaute devant moi.

- "Allo, oui, Inspecteur Flag…"

- "Bonjour Inspecteur. Je suis le Sergent Williams, du commissariat de Mapletown."
- "Ah ! Bonjour cher collègue. A qui voulez-vous parler ?"
- "A vous–même, Inspecteur. Parce qu'il y a peut-être du nouveau dans votre affaire, et ça devrait vous intéresser au plus haut point."
- "Une minute... Je vous écoute." dis-je en tendant l'écouteur à Betty afin qu'elle prenne des notes au fil de la conversation.
- "Eh bien, voilà. Figurez-vous que nous avons un témoignage supplémentaire dans le cadre de l'enquête sur la mort de Monsieur Spencer. Un certain Monsieur Norton... quarante-quatre ans... employé de banque... demeurant à Sheperd's Hill au..."
- "Soit. Lisez-moi plutôt sa déposition, je vous en prie !"
- "D'accord. Bon, euh... voilà : "je faisais une balade romantique sur les bords du canal en compagnie d'une dame mariée dont je ne peux pas dire le nom. Nous étions sur le petit chemin de halage qui borde la rive gauche du canal, juste avant le deuxième pont après la sortie de Mapletown. Il devait être entre minuit et minuit vingt. Nous avons été surpris par un bruit de moteur. C'était une moto, de l'autre côté du canal, à une centaine de mètres de nous. Elle a contourné la seule habitation de l'endroit et a repris la route en direction de Mapletown. Nous avons seulement remarqué que son phare était jaune, grâce à son reflet dans le canal. C'est ce qui m'a intrigué le lendemain quand j'ai lu le journal." C'est tout, Inspecteur. "

Un clin d'œil complice nous fait partager la nouvelle.

- "Eh bien, voilà qui est franchement nouveau ! Surtout la couleur de l'éclairage ! Pouvez-vous m'adresser une copie de cette déposition au Q.G. d'Aldersea ?"
- "Certainement, Inspecteur. Vous l'aurez demain dans l'après-midi."
- "Parfait. Merci beaucoup, Sergent. Vous avez été bien inspiré de nous appeler aussi vite. "
- "De rien. A votre service !"

Un silence involontaire nous permet d'intérioriser ce témoignage crucial, tandis que seuls nos regards semblent s'articuler en quelque conversation parapsychologique.

- "Voilà qui remet tout en question, chef !"
- "C'est le moins qu'on puise dire ! Car je ne connais qu'un pays d'Europe où les phares jaunes soient de mise…"
- "Et comme par hasard, Christopher réside à Paris, n'est-ce pas ?"
- "Eh oui ! Drôle de coïncidence ! En tout cas, c'est une raison de plus pour rendre visite à ce jeune couple d'acteurs, et le plus tôt sera le mieux."
- "C'est-à-dire, chef ?"
- "Dès demain, après notre visite de politesse à Lord Alderson."
- "Ok, Donald. Mais qu'avez-vous l'intention de lui dire ?"
- "N'ayez crainte, Betty. Seulement ce que le tact nous permettra de lui dire !"
- "Bravo, Donald ! Vous faites des progrès !"
- "On fait rarement deux fois de suite la même bêtise, vous savez. Et puis, voyez plutôt comme on apprend vite quand le professeur en vaut la peine !"

# VI

- "Alors, Inspecteur, vous voyez bien que j'avais raison !"

Le maître du manoir d'Aldersea n'a même pas pris le temps de nous saluer, tant le décès de son cousin abhorré l'a visiblement soulagé.

- "Dieu ait son âme, si elle en vaut encore la peine !" continue-t-il comme s'il s'adressait à lui-même. "Mais j'aurais préféré qu'il passe le reste de sa vie en prison, après un procès en bonne et due forme !"
- "Nous aurions nous aussi préféré cela, Monsieur." dis-je, histoire de lui rappeler poliment que nous sommes là.
- "Oh ! Mais ! Pardonnez ma distraction.Venez donc vous asseoir et racontez-moi plutôt la fin de votre enquête."

Ses derniers mots m'arrêtent à mi-chemin du confort moelleux d'un canapé aux accoudoirs tortueux.

- "La fin de notre enquête ?"
- "Eh bien, je suppose que votre travail est enfin terminé, puisque l'assassin s'est fait justice à sa manière. En tout cas, je n'ai plus aucune raison de m'inquiéter, et je vous prie d'accepter un verre de sherry pour célébrer dignement votre réussite." ajoute-t-il avec un entrain indécent qui nous fait échanger des regards embarrassés.

Il appuie sur un timbre, à l'adresse de James, et nous fait servir un alcool d'une rare qualité. Il en commente l'âge, la provenance et l'élevage, sur un ton d'une telle banalité qu'il semble désormais indifférent aux trois décès que nous sommes encore incapables d'élucider. Sommes-nous les témoins silencieux d'une odieuse comédie bâtie sur le soliloque d'un monstre, ou faut-il croire que notre hôte a disjoncté pour de bon, court-circuité par le choc de la mort sur la faiblesse de l'âge ?

J'ose insinuer un bémol en forçant ma politesse.

- "Sans vouloir vous froisser, Monsieur, je dois vous avouer que notre enquête continue."
- "Pardon ?... Je ne comprends pas…"
- "Eh bien, je veux dire que… tout n'est pas encore clarifié, malgré les apparences, et que…"
- "Attendez ! Dois-je comprendre que vous doutez encore de la folie de Spencer ?"
- "Hélas oui, Monsieur ! Et c'est pourquoi il faut redoubler de prudence, car dans ce cas, vous seriez toujours menacé."
- "Ah ça ! Décidément ! Vous êtes encore plus zélé que je ne l'imaginais !" s'exclame le Lord en retenant un éclat de rire."Alors, comment expliquez-vous ce suicide, vous qui savez tout ?"

- "Je l'ignore pour le moment. Mais nous en savons assez pour en déduire que votre cousin ne s'est sans doute pas suicidé."
- "Comment ? Vous voulez rire !" lance-t-il en fixant Betty afin de quémander son approbation.

Nous lui expliquons pourquoi je ne veux pas rire, en développant avec sincérité la plupart des éléments de notre enquête sur les bords du canal, mais en omettant soigneusement de mentionner la troublante moto et son éclairage ô combien révélateur.

- "Je n'arrive pas à vous croire, Inspecteur. J'ai l'impression que vous allez trop loin dans le détail. Etes-vous perfectionniste à ce point-là ? "
- "Heureusement, Monsieur ! C'est le propre de mon métier. "
- "Je ne vous en fais pas le reproche, remarquez bien. Mais il me semble qu'on peut toujours trouver des choses inexplicables autour de n'importe quel suicide. La logique d'un malade dans ces moments-là est certainement inaccessible à votre pensée, ne croyez-vous pas, Monsieur Flag ?"
- "Sans doute. Et je préférerais cent fois que vous ayez raison. Cependant, deux précautions valent mieux qu'une, et nous devons vérifier cette ultime hypothèse avant de tirer un trait sur cette affaire. D'ailleurs, nous sommes justement venus vous prier de rester très vigilant et de ne prendre aucun risque supplémentaire, comme si rien ne s'était passé depuis vos premières menaces. J'espère que vous comprenez ce genre d'exigence…"

- "Soit. Je m'efforcerai de vous satisfaire. Mais je ne puis m'empêcher de penser que l'affaire est close, en ce qui me concerne."
- "Puissiez-vous dire vrai, Monsieur !"

La matinée est déjà fort avancée lorsque nous pouvons prendre congé de notre déroutant protégé. Avec condescendance, il nous plaint d'avance pour le temps et l'énergie que nous allons désormais gaspiller dans une recherche qui lui paraît aussi illusoire que celle de l'Atlantide. Ensuite, il faut passer au commissariat pour signaler notre départ et donner quelques menues instructions. Peu après, je fais les cent pas dans le hall lumineux de notre fourmilière d'uniformes bleu nuit, suite à certain besoin soudain de mon petit sergent, lorsque apparaît par-delà la porte vitrée de l'ascenseur le profil sphérique de Malcolm Lawson, le chef de notre laboratoire, qui descend de son troisième étage. Tandis que la cage suspendue ralentit gracieusement malgré le poids de son fardeau scientifique, je souris béatement à l'idée répandue dans notre confrérie selon laquelle l'ancienneté de Malcolm se compte au nombre de crans de sa ceinture. Il doit croire mon sourire moins moqueur, car il me le rend sitôt passé le cap difficile de l'étroite porte et me tend avec fierté les chaussures de tennis qu'il vient d'examiner.

- "Je vous cherchais, Don." dit-il d'une voix grave et caverneuse qui semble résonner depuis l'estomac.
- "Je crois deviner pourquoi. Ce sont bien celles du manoir, n'est-ce pas ?"
- "Ouais. Exactement la même semelle. On a même pu y trouver des échantillons du sable de la baie."
- "Avez-vous une idée de l'endroit où elles ont été achetées ?"
- "Là, vous m'en demandez un peu trop, mon vieux ! Autant me demander leur prix et l'âge de la vendeuse !"

s'exclame-t-il en riant volontiers de son humour incertain. "Non. Tout ce que j'peux vous dire, c'est que c'est une vieille paire."

- "Merci quand même. Mais j'avais déjà remarqué ce détail en voyant l'usure des semelles !"
- "Non. J'veux dire que c'est un vieux modèle. D'après le dessin des semelles, c'est un modèle qui s'fait plus depuis des années : des Walkers SP."
- "Etes-vous arrivé à dater sa fabrication ?"
- "Plus ou moins bien. Disons que c'tait très courant y'a huit ou dix ans. En tout cas, l'essentiel de l'usure date de plusieurs années, ça c'est sûr !"
- "Tiens, tiens ! Voilà qui intéressera sûrement ma collègue."
- "Qui ça ?"
- "Bet... enfin, le Sergent Beetle."
- "Ah, c'est vous qui l'avez récupérée, la petite rouquine !"
- "Je... je ne l'ai pas récupérée. C'est Grigson qui nous fait travailler ensemble."
- "Ouais-ouais-ouais ! On dit ça, veinard !"
- "Vous croyez vraiment que j'ai tant de chance que ça ?"
- "Alors là, mon vieux, si vous l'savez pas déjà, c'est qu'y faut aller voir un psychologue, ou à la limite, un ophtalmo !"

Il y a une troisième solution, car il ignore que je tourne sa jalousie en dérision, en me moquant amicalement de ses impressions confraternelles. Fort heureusement, Betty me rejoint enfin, sans rien comprendre au sourire allusif de cette montgolfière en uniforme.

- "Dépêchons-nous Donald ! Nous avons perdu assez de temps !"

Soufflé de l'entendre voler une réplique que je préparais depuis de trop longues minutes, je la suis sans dire un mot, tandis que Malcolm prend sa juste revanche et s'amuse de ma déconvenue en retenant péniblement sa panse tressautante. Je le soupçonne même de regretter pour moi qu'une si mignonne équipière puisse avoir autant de personnalité.

Arrivés à Croydon, après un trajet sans encombre mais non sans bavardage inutile, nous avons quelque difficulté à trouver la trace de Christopher Alderson. Comme il fallait le craindre, il n'y a personne à l'adresse de Freddy Marlow, et nous devons interroger plusieurs locataires et commerçants de Darwin Street pour en savoir un peu plus long sur l'hôte du jeune couple parisien.

D'après nos renseignements, la petite troupe théâtrale et saisonnière doit jouer ce soir dans le quartier de Blacksmith, ce qui nous est confirmé grâce à une affichette-programme que le boucher de Darwin Street a accepté de coller sur sa vitrine poisseuse, entre deux promotions fracassantes sur l'agneau de Nouvelle-Zélande. On nous conseille de tenter une visite dès le début de l'après-midi, car les jeunes acteurs sont censés répéter et s'autocritiquer dans une fraternité franche et belle comme l'âge des illusions.

- "Vous êtes sûr que c'est ici ?" demande Betty sitôt notre Allegro garée devant le numéro indiqué.

Il y a en effet de quoi douter de l'adresse. Planté au hasard d'un quartier devenu la poubelle d'une banlieue déprimante, un atelier de l'âge d'or du taylorisme se prétend reconverti en théâtre. De toute évidence, la culture doit se contenter ici du squelette rouillé de quelque dinosaure d'un machinisme déjà lointain.

- "C'est forcément ici. Regardez : il y a la même affichette sur la porte."

En poussant cette porte latérale dont le gémissement métallique strident embarrasse notre discrétion professionnelle, nous sommes attendris par le spectacle honteux de la misère culturelle. A l'autre bout d'un bâtiment à peine transformé depuis sa réhabilitation artistique, une dizaine de jeunes s'active en vue de la représentation. Trois d'entre eux répètent une scène apparemment pathétique sous la direction d'un quatrième qui semble avoir l'autorité d'un metteur en scène, deux autres s'affairent sur de pitoyables décors de papier et de carton, tandis qu'un solitaire improvise quelques rangées de fauteuils à partir de chaises pliantes sans doute empruntées à grand-peine pour l'occasion. Il s'avère impossible de dire combien de filles ou de garçons la jeune troupe peut compter, tant leur tenue vestimentaire et la longueur de leurs cheveux sont uniformes. Seul un barbu décharné daigne trahir son sexe en venant à notre rencontre, sans être nullement impressionné par la tenue policière de mon sergent.

- "Vous cherchez quelqu'un ?" lance-t-il à quelques mètres de nous sans s'arrêter pour autant.
- "Oui. Nous voudrions parler à Christopher Alderson."
- "Chris !" crie le barbu en retournant à son occupation sans autre forme de bienvenue.

Celui qui dépliait méthodiquement les chaises s'arrête soudain, puis se redresse pour remarquer enfin notre présence. Nous nous sommes approchés de la petite équipe, et c'est avec difficulté que nous cachons notre émotion en découvrant le fils unique de Lord Alderson. A le voir ainsi chichement accoutré et modestement occupé à sa piètre besogne, alors qu'il peut se prévaloir d'un héritage aussi enviable que le Manoir d'Aldersea, je ressens un curieux mélange de pitié et d'admiration. Qu'a-t-il pu se passer entre ce jeune révolté et le père fortuné que son départ a prématurément vieilli ? Malgré sa triste apparence, son visage trahit une noble ascendance et, bien que les contours de son nez soient nettement moins accidentés que ceux des organes olfactifs ancestraux, ses yeux bleus et les sourcils qu'il fronce en remarquant l'uniforme de ma collègue semblent rajeunir son père de trente ans. Après un imperceptible silence d'observation mutuelle, je me jette à l'eau.

- "Bonjour. Auriez-vous quelques minutes à nous consacrer, s'il vous plaît ?"
- "Pourquoi faire ?"
- "C'est… c'est très personnel, en fait. Il serait peut-être préférable de nous isoler."
- "J'ai pas l'habitude de parler aux flics." déclare-t-il avec bravoure, comme pour ne pas perdre la face devant ses camarades.

Il faut à tout prix dire quelque chose, et de préférence pas n'importe quoi.

- "Allons. Laissons de côté les masques et les clichés pour une fois, voulez-vous ? Je m'appelle Donald Flag, et je vous présente ma collègue, le Sergent Betty Beetle."
- "Bonjour." marmonne-t-il machinalement en regardant Betty que je sens troublée par la ressemblance d'un certain regard.
- "On dirait que vous n'aimez pas les uniformes, Christopher."
- "Non. Pas ceux de la police, en tout cas."
- "Pourtant, c'est Shakespeare qui a comparé le monde à une scène de théâtre, et nous avons tous un rôle à jouer quelque soit notre costume…"

Pris au piège de ma logique improvisée et quelque peu ébranlé par la plus solide des références théâtrales, Christopher soupire profondément en nous faisant signe de l'accompagner. Tandis qu'il nous guide vers une sortie de coulisses, une jeune fille blonde et plutôt bien moulée dans un jeans savamment rapiécé se rapproche spontanément de lui d'un air inquiet. Mais ce dernier la tranquillise en l'embrassant au passage.

- "T'inquiète pas, So. J'en ai pour cinq minutes."

L'évaluation du temps nécessaire à notre entretien me paraît franchement optimiste, à moins qu'une minute théâtrale ne compte pour un quart d'heure chez le commun des mortels. Une fois sortis du temple de la culture populaire, il nous faut continuer sur notre lancée sans casser le ressort fragile de la susceptibilité dont Christopher semble hélas largement pourvu par le hasard malencontreux de l'hérédité. Flatteur par obligation, j'entreprends alors de faire montre d'un intérêt soudain pour leur illustre compagnie.

- "Peut-on savoir quel genre de pièce vous allez jouer ce soir ?"

Venant de la part d'un policier en service, la question le surprend à tel point qu'il y répond, comme s'il s'agissait de renseigner un spectateur mal informé.
- "Vous n'avez pas vu l'affiche ? On joue les Trois Larrons."
- "Ah ?... Et qui sont donc les trois larrons en question ?"
- "Ce sont des symboles !" soupire-t-il en nous sachant incapables de comprendre les multiples lectures d'un chef-d'œuvre aussi profond.
- "Intéressant. Mais les symboles de quoi, au juste ?"

123

- "Du bourgeois, du flic et du curé."

Un ange passe trop lentement pendant lequel j'évalue les risques que nous encourons en allant plus loin sur la pente glissante de la caricature sociologique. Non. Il est décidément préférable d'en revenir à Christopher.

- "Et vous jouez dans cette pièce ?"
- "Ouais. Le rôle d'un orphelin."

La réponse ne manque pas de fibre pathétique, et le ton du jeune homme ressuscite le passé douloureux dont nous connaissons les grands traits.

- "En somme, ce n'est pas vraiment un rôle de composition." suggère Betty en s'associant à sa solitude familiale.

Christopher nous fixe délibérément d'un regard mauvais, en réfléchissant au dosage d'acide articulé dans ce qu'il va nous dire.

- "Quand vous aurez fini de faire semblant d'être cultivés, vous me direz peut-être ce que vous me voulez !"
- "Soit. Vous avez raison. Venons-en au fait qui nous concerne… Votre père…"
- "Je m'en fous." intervient-il prématurément.
- "Oui. Nous savons cela. Mais ne croyez surtout pas qu'il nous envoie ici. Nous ne sommes pas là pour raccommoder votre famille, et sachez bien qu'il se fiche tout autant de vous et ignore tout de cette entrevue."

Que n'ai-je dit cela plus tôt ! Christopher est instantanément soulagé en voyant que son père ne cherche pas à le récupérer pour renouer de force des liens familiaux devenus des lambeaux d'aigreur et d'incompréhension.

- "Alors, pourquoi êtes-vous ici ? "

Je préfère passer le relais à mon Sergent afin d'attiser la curiosité du noble si volontairement déchu.

- "Expliquez-lui, Betty, voulez-vous ?"

Betty lui résume la situation dans un monologue dont j'admire le débit régulier, quoique la chronologie des faits relatés ne soit pas irréprochable. Qu'importe ! me dis-je en l'écoutant. La femme vit au présent et sa logique n'est décidément pas du bas monde des dates et autres aiguilles de montre. L'essentiel est déjà gagné, car je sens s'affaiblir le mutisme défensif du jeune homme sous le charme musical d'une voix qu'un soupçon d'enrouement rend aussi suave que la mélodie d'une flûte de Pan. Puis, sitôt sa mission brillamment accomplie, je remplace Betty dans une complémentarité comparable à celle du chirurgien prenant le relais de l'anesthésiste.

- "Puis-je connaître votre emploi du temps de ces derniers jours ?"
- "Vous allez être déçu. Je n'ai pas quitté mes copains, et nous n'avons commis qu'un crime par jour." nous confie-t-il en souriant pour la première fois.
- "Vraiment ? Et c'est lequel des trois larrons ?"
- "Hélas pour vous ! Le flic ! "
- "Merci pour hélas. Il y a seulement dix minutes nous ne l'aurions pas mérité ! Donc, nous pouvons compter sur les témoignages de vos copains ?"

125

- "Absolument. Et même de nos spectateurs. Ils sont si peu nombreux que nous faisons une petite fête après chaque spectacle. Vous pouvez pas savoir comme c'est sympa !"
- "Je vous crois volontiers. Mais à quelle heure se termine la pièce, en général ?"
- "On commence pas avant neuf heures et, en comptant les vingt minutes d'entracte, ça se termine jamais avant… onze heures ou même onze heures et demie, environ. En fait, ça dépend de Jim."
- "Ah bon ? Et pourquoi ?"
- "Il tient le rôle d'un dyslexique dans le premier acte et d'un bègue dans le second. Alors, quand il est en forme, ça peut facilement rajouter entre un quart d'heure et une demi-heure, croyez-moi !"
- "Je vois. Et après la pièce, c'est la petite fête improvisée, n'est-ce pas ?"
- "C'est ça. Il faut vous dire que notre troupe a une vocation populaire, et on a trouvé un super truc pour créer un contact génial avec le public."
- "Un truc ?"
- "Ouais. L'entrée est gratuite pour tous ceux qui apportent un petit quelque chose à boire ou à manger, et on partage tout ça après le spectacle. C'est vraiment super !"
- "Certainement. C'est même une très bonne idée… Et ça dure longtemps, ce… ce buffet nocturne ?"
- "Assez ouais. En tout cas, facilement jusqu'à deux ou trois heures du mat'. Et après, on retourne à Croydon avec les camionnettes de Freddy et Sophie."
- "Très bien. Dans ce cas, je crois que nous en savons suffisamment."
- "Vous n'êtes pas très curieux, finalement."

- "A quoi bon, quand on a compris l'essentiel. Si nos vérifications ultérieures confirment ce que vous venez de dire, il est rigoureusement impossible que vous soyez impliqué dans notre affaire. Il y a au minimum trois heures de route entre Croydon et Mapletown ou Aldersea. Or nous savons déjà qu'à chaque fois, le meurtrier a opéré de nuit pour tout préparer... Et pourtant, il reste quelques détails assez troublants..."
- "Qui me concernent ?"
- "Ce n'est pas impossible. Mais peut-être pourriez-vous nous aider à éclaircir ces quelques points obscurs ?"
- "Dites toujours. On verra."
- "D'abord, quelle pointure faites-vous ?"
- "Quarante-trois, en principe. Pourquoi ?"
- "Parce qu'il est question de chaussures de tennis de la même pointure, mais d'un modèle plutôt ancien... Il y a longtemps que vous portez ce genre de chaussures ?"
- "Plutôt, ouais. J'peux même vous dire que j'ai jamais rien porté d'autre depuis mes quinze ans."
- "Donc, vous en portiez déjà régulièrement avant de quitter le manoir de votre père, n'est-ce pas ?"
- "Bien sûr. J'ai foutu le camp juste après mes dix-neuf ans. Vous devez le savoir."
- "Oui. Mais, au juste, peut-on savoir pourquoi vous avez claqué la porte ainsi ?"
- "Non."
- "Soit. Je ne peux pas vous forcer à répondre. Mais... pensez-vous que la raison de votre départ puisse avoir quelque rapport avec notre enquête ?"
- "Non." répète-t-il sèchement, se refermant malgré lui comme le ferait une huître face à quelque danger marin.
- "Le jour où vous avez quitté le manoir pour de bon, avez-vous emporté vos chaussures ?"

- "Bien sûr que non ! Sauf celles que j'avais aux pieds. Si vous croyez que j'ai eu le temps de penser à ce genre de détail !"
- "Je comprends. Et je suppose que vous aviez plusieurs paires à votre disposition ?"
- "Ouais, mais pas tant que ça ! Je les achetais au fur et à mesure. J'en avais seulement deux ou trois paires dans un placard, près de ma chambre."
- "Deux ou trois ?"

Il hésite, le temps de faire appel à la mémoire visuelle encore alerte de son jeune âge.

- "C'est très important pour nous." insiste Betty pour exacerber sa concentration.
- "Trois. Parce que je me souviens que le casier était trop petit pour ranger mes quatre paires sur le même rayon…"
- "Autrement dit, vous aviez quatre paires de tennis, dont une à vos pieds ce jour là ?"
- "Exactement."
- "Et je suppose que vous portiez alors la paire la plus récente, n'est-ce pas ?"
- "Ouais. Ma mère me reprochait toujours de les salir trop vite, en oubliant de porter les autres."
- "Très bien. Une dernière question sur ce détail. Aviez-vous une marque de chaussures préférée à cette époque-là ?"
- "Ouais. Je m'rappelle que je prenais toujours les mêmes, mais j'ai jamais fait attention à la marque."
- "Des Walkers, peut-être ?"
- "Possible. J'peux pas vous dire."
- "Bon. C'est déjà mieux que rien, n'est-ce pas, Betty ?"
- "Oui, Donald. Mais il y a aussi la moto."

- "Bien sûr. J'allais en parler. Avez-vous une moto, Christopher ?"
- "Oui. A Paris."
- "Vous ne l'avez pas ici avec vous, par hasard ?"
- "Non. On est venus avec la bagnole de Sophie." précise-t-il en nous montrant une 2CV camionnette qui passerait pour une épave tant il nous semble évident qu'une carcasse aussi rouillée a dû traverser le Channel en ratant l'entrée du ferry-boat.
- "Dans ce cas, aviez-vous une moto quand vous habitiez à Aldersea ?"
- "Oui. C'est ma mère qui me l'avait offerte pour mes dix-huit ans."
- "C'était quoi, exactement ?"
- "Une vieille Ghnôme-Rhône d'occasion qu'on avait dénichée pendant des vacances à Paris."

Je regarde Betty que je sens frissonner d'intérêt en entendant pareille révélation. Puis je continue pour vérifier.

- "Donc, c'est une moto française."
- "Puisque je vous le dis !"
- "Etait-elle immatriculée en France ?"
- "Quand on l'a achetée, oui. Mais il a fallu l'immatriculer à Aldersea, bien sûr."
- "Et le phare ? J'imagine que le phare était jaune, et ce n'est pas réglementaire chez nous, n'est-ce pas ?"
- "Ouais, mais le modèle était trop vieux et on n'arrivait pas à trouver un format compatible. Et puis… j'étais trop fier de rouler avec un phare jaune !"

Je savoure un instant le visage illuminé de ma collègue, avant de pousser plus loin le bouchon de notre curiosité.

129

- "Je comprends ça. Mais pourquoi dites-vous que c'est votre mère qui vous l'avait offerte ?"
- "Parce que mon père était contre cette idée, comme pour tout le reste…"
- "Vos parents ne s'entendaient pas bien ?"
- "C'est pas vos oignons." articule-t-il sèchement, à nouveau paralysé par un secret familial pour le moins insupportable.
- "Du moins, vous vous entendiez très bien avec votre mère, n'est-ce pas ?"
- "Oui."
- "Dans ce cas, pourquoi n'êtes-vous pas parti avec la moto, puisque c'était son cadeau ?"
- "Parce qu'on m'aurait retrouvé trop facilement. Et de toute façon, je n'avais même pas les moyens d'acheter de l'essence le jour où je suis parti…"
- "Votre père ne vous donnait pas d'argent de poche ?"
- "Non. Plus depuis…"

Il s'arrête aussitôt, pris au piège de ses souvenirs interdits. Mais nous avons déjà compris qu'il s'agit de la mort de Mary von Knaben. Nous nous installons dans un silence complice, en espérant que l'huître ne soit plus tout à fait étanche, tandis que Christopher se laisse visiblement submerger de souvenirs indigestes au point de le faire grimacer. Puis il se ressaisit en nous retournant une question qui semble lui brûler la langue.

- "James est toujours au manoir ?"
- "Oui. Pourquoi ?"
- "Rien, comme ça."

Nous sommes sur le point d'en savoir plus lorsque, depuis la petite porte du théâtre de quatre sous, la voix tonitruante du barbu nous interrompt.

- "Alors, Chris ! On t'attend pour le piano !"

Il s'en est fallu de peu pour que nous apprenions quelque important détail sur le passé de cette famille détruite. Mais il devient pour l'heure inutile d'insister, tant la méfiance de Christopher est désormais démesurée face à notre douloureuse inquisition. Une chose est certaine : la clé de voûte du mystère réside dans un imbroglio d'événements familiaux déjà lointains, tandis que les preuves supplémentaires dont notre enquête a besoin se cachent sans doute dans l'enceinte orgueilleuse du manoir d'Aldersea.

- "Qu'en dites-vous, Betty ?
- "Que notre enquête vient de faire un pas de géant !"
- "Un pas qui semble renvoyer la balle dans le camp de Lord Alderson, en tout cas !"
- "C'est vrai, Donald. Au moins, maintenant, nous savons ce que nous cherchons. Mais comment pensez-vous procéder ?"
- "C'est évident, voyons. Il faut commencer par trouver les preuves matérielles qui nous manquent, je veux dire, la provenance des chaussures de tennis et l'ancienne moto de Christopher."

Tandis que je me frotte les mains de satisfaction, Betty prend soudain l'air soucieux d'une étudiante incapable de résoudre un problème en plein examen.

- "Qu'avez-vous, Betty ? Quelque chose vous chiffonne ?"
- "Oui, parce que je n'arrive pas à croire que Lord Alderson ait pu manigancer tout cela. Toujours à cause des Fleet."

- "Peut-être est-ce quelqu'un d'autre… James, par exemple."
- "James ? C'est impensable, voyons ! Vous avez vu comme moi la dévotion qu'il porte à son maître, et l'affection que le Lord lui donne en retour. Non, à mon avis, si James était mouillé, Lord Alderson le serait aussi…"
- "Alors c'est quelqu'un d'autre, dont nous ignorons encore l'identité."
- "Ou bien quelqu'un que nous connaissons déjà sans l'avoir jamais soupçonné !" ajoute-t-elle en levant un index jusqu'à la hauteur de son regard illuminé.
- "C'est-à-dire ?"
- "Voyons. Récapitulons un peu la liste de tous ceux qui sont concernés par notre enquête : en dehors du Lord, des Fleet, et du pauvre Monsieur Spencer, il y a James, Monsieur Fox le fermier, euh… la petite Carol…"
- "Qui est visiblement hors de cause !"
- "Naturellement !... J'ai aussi interrogé le Docteur Stanwell, qui est un familier du manoir, et même Madame Fox, pendant que vous étiez chez le notaire d'Aldersea. Qui d'autre avez-vous interrogé vous-même, Donald ?"
- "Je ne vois personne d'autre, sinon le client du notaire en question, Monsieur Gaffney."
- "L'oncle Harold !" s'exclame-t-elle sur le ton enthousiaste d'un eurêka.
- "Quoi ? Vous allez prétendre que c'est l'oncle Harold qui se cache derrière tous ces crimes ?"
- "Pourquoi pas, Donald ! Il est très riche, n'est-ce pas ?"
- "Certes ! Mais on voit bien que vous ne l'avez pas vu ! Il est à l'article de la mort depuis… tiens, mais au fait, quel jour est-on, déjà ?"
- "Le vingt-six, pourquoi ?"

- "Parce que dans ce cas, il serait trop tard pour le coincer : il est mort !"
- "Mort ? Mais... mais comment le savez-vous ?" balbutie-t-elle, impressionnée par mon ton péremptoire.
- "Il avait prévu de mourir le vingt-cinq pour que la date coïncide parfaitement avec son anniversaire."

Betty me fixe un instant sans savoir si elle doit rire sur le dos du défunt ou s'offusquer d'une plaisanterie aussi grossière de ma part.

- "Qu'est-ce que c'est que cette histoire ?"
- "C'est la vérité, Betty. A l'heure qu'il est, il doit être mort... Mais rassurez-vous, ce n'est pas lui qui a pu faire tout ce mal dans la famille. Au contraire ! Puisque tout le monde attendait son héritage."
- "L'héritage, Donald ! Voilà sans doute le nœud de notre histoire ! Qui sont les héritiers, déjà ?"
- "Ma foi, ils sont de moins en moins nombreux ! Il y avait à égalité de droits Edward Spencer, Rosemary Fleet et Lord Alderson."

Betty agite sa main dans une chevelure rousse aux reflets enflammés, comme pour en extraire une nouvelle idée.

- "Alors, c'est un fou !" affirme-t-elle sur la base de son intuition sans limite.
- "Un fou ?"
- "Parfaitement ! Quand on est dérangé au point de choisir la date de sa mort, il est tout à fait plausible qu'on ne supporte pas que des héritiers vous survivent !"
- "Et il aurait agi par personne interposée, dans ce cas..."

- "Evidemment. Quand on a de l'argent, on peut tout acheter !"
- "Tout ?" dis-je d'une voix allusive, en pensant à d'autres valeurs que le soleil embellit sous mes yeux.
- "Voyons, Donald ! Soyez sérieux ! Vous mélangez les genres... En tout cas, ça prouve que mon hypothèse ne vous séduit pas !" soupire-t-elle en feignant d'être froissée.
- "Non, pas vraiment. Mais il y a quelque chose de vrai dans ce que vous dites. L'héritage est sans doute un des ressorts de cette affaire. Et puisque vous avez eu la brillante idée d'insister sur ce vieil oncle Harold, que diriez-vous de passer chez lui en retournant à Aldersea ?"
- "D'accord." acquiesce mon Sergent avec une impatience mitigée à l'idée d'être présentée à titre posthume. "Dans ce cas, dépêchons-nous de vérifier le témoignage de Christopher avant de quitter cette banlieue sordide."

L'impatience nous rend désireux d'accélérer le tempo de notre duo policier, et c'est avec un zèle décuplé que nous procédons à toutes les vérifications nécessaires quant aux alibis que Christopher a daigné nous donner. Nous ne souhaitons pas interroger les copains de la troupe théâtrale. Leurs témoignages seraient sans grande valeur, tant la misère de la compagnie intermittente semble garantir une aveugle solidarité envers chacun de ses membres. De plus, il est indispensable de s'assurer de la présence de Christopher au spectacle, sinon pendant les deux nuits mises à profit par l'assassin, du moins pendant celle qui a entraîné l'étrange suicide de Monsieur Spencer.

Forts de ces précautions d'usage, nous consultons l'affichette placardée sur la porte de l'usine à culture. A des fins d'économie, toute la tournée s'y trouve résumée, transcrite au feutre rouge sous un titre imprimé par quelque duplicateur de réforme. L'émouvante publicité nous apprend que, dans la soirée qui nous intéresse, les Trois Larrons se sont donnés en spectacle dans la banlieue de Coalburn, au Sud-Est de la Capitale. Quelque vingt-cinq minutes plus tard, arrivés sur les lieux de cet événement culturel ignoré de toute la presse, nous entreprenons d'interroger les habitants du quartier, aux dires desquels une trentaine d'assoiffés se sont désaltérés à la fontaine intarissable du culte de la scène. Plusieurs témoins peuvent aussitôt nous certifier la présence de Christopher, d'abord pendant la pièce sous les traits attristés de l'orphelin, puis en tant qu'amoureux fort sensible à l'alcool lors de la fête improvisée qui a immanquablement suivi. Renseignés et satisfaits, nous reprenons sans plus tarder le chemin d'Aldersea dans l'espoir d'arriver à une heure décente chez Harold Gaffney, non par respect envers l'oncle qui devrait désormais disposer de tout son temps pour nous recevoir, mais plutôt vis-à-vis de l'entourage qui doit en assurer la veille rituelle. Tout en découvrant le paysage inversé de notre aller au fil des trois comtés que nous traversons, nous nous persuadons de l'intérêt capital de cette visite. Si la fortune de cet oncle d'Amérique à domicile doit jouer quelque rôle dans notre affaire, sa mort si curieusement auto-programmée devrait susciter une avalanche de réactions et de formalités qui trahiront sans doute une partie du grand secret familial.

Hélas ! Tout semble désespérément calme au Domaine de Chorley-Wood alors que nous sommes accueillis par l'infirmière de garde. Certes, les yeux verts de la soubrette médicale sont tristement cernés et son visage affecte une mélancolie de bon aloi. Mais il nous faut peu de temps pour comprendre qu'elle a dormi inconfortablement et se lamente d'enfermer sa jeunesse dans ces vieux murs où tout respire l'ennui de la richesse dépourvue de santé. Elle se considère trahie par son infortuné patient, tant ce dernier s'était engagé à libérer la médecine dès la veille pour d'autres tâches moins désespérées.

Cette frustration n'est qu'un grain de sable comparée à celle du héros de l'imprimerie régionale. L'oncle Harold se montre inconsolable, et gémit toute sa honte entre des accès de colère qui semblent le ressusciter par intermittence. Loin de nous émouvoir, le spectacle de ce recalé du Purgatoire nous fait échanger des regards amusés, et je dois prétexter la faiblesse du vieillard pour permettre à Betty de s'éclipser avant de pouffer de rire, malgré tout le respect d'autrui que je lui connais. Incapable de s'accomplir dans la seule chose qu'il lui reste à faire, l'oncle Harold ne peut décidément pas précipiter l'éclosion de la vérité. Mais la journée cruciale que nous venons de vivre dans les environs de Croydon, nous fait accepter de bonne grâce ce ridicule contretemps, car notre curiosité se projette déjà dans les investigations aléatoires de demain.

# VII

- "Soyons discrets, Betty. Nous savons ce que nous cherchons, mais il faut à tout prix éviter d'éveiller les moindres soupçons."
- "Ne vous en faites pas, Donald. J'ai compris la manœuvre."

Manœuvre est un bien grand mot pour décrire la stratégie d'un plan aussi simple que le bon sens rural du brave Robert, dont nous apercevons la lointaine silhouette affairée par-delà les buissons écarlates de la roseraie. Le fait est que nous sommes désormais d'une prudence de Sioux, car les recherches déterminantes de cette journée doivent présupposer leur propre conclusion, à savoir que le ou les coupables de trois meurtres ont libre accès au Manoir d'Aldersea. Or, il ne fait nul doute qu'en dehors du maître des lieux, James se révèle comme le personnage principal du petit monde des gens de maison. Sa seule ancienneté sur le domaine prouve qu'il doit en savoir long sur le passé opaque des Alderson, d'autant plus que le père de ce serviteur modèle a lui-même passé le plus clair de sa vie au service de l'illustre famille. Autant dire qu'il faut à tout prix le placer au cœur de nos

137

recherches, tout en le conservant dans l'ignorance totale de nos soupçons anticipés.

- "Mademoiselle, Monsieur l'Inspecteur." s'enquiert James en nous ouvrant la porte massive du manoir encore assoupi. "Faut-il vous annoncer à mon Lord ?"
- "Non. Ce n'est pas la peine, nous n'avons rien de très nouveau à lui dire."
- "Tant mieux." dit-il sur le ton déshumanisé de sa fonction. "Mon Lord est encore dans son bain et n'a pas encore pris son petit-déjeuner… Mais alors, à qui désirez-vous parler, Monsieur l'Inspecteur ?"
- "A vous-même, si possible."
- "A moi ?" s'interroge-t-il, en nous faisant pénétrer dans le vaste hall d'où s'enroule la spirale évasée d'un magnifique escalier de marbre que je n'avais pas encore remarqué.
- "Oui. En fait, c'est au sujet de Christopher. Serait-il possible de visiter sa chambre ?"
- "Certainement… Si vous voulez bien me suivre… C'est au premier étage, de ce côté-ci," poursuit-il avec l'assurance d'un agent immobilier. "Vous serez peut-être surpris, mais mon Lord a exigé que tout reste en l'état du jour où Monsieur Christopher nous a brusquement quittés."
- "C'est compréhensible… Autrement dit, on n'a touché à rien depuis ce jour-là ?"
- "Exactement. Voici les appartements de Monsieur Christopher."

Ayant choisi une clé dans son trousseau carillonnant, James ouvre une première porte, laquelle donne sur une sorte d'antichambre qui n'est guère plus large qu'un couloir, tandis que deux portes tapissées se font face de part et d'autre d'une fenêtre d'autant plus étroite qu'elle paraît anormalement haute et profonde. Du côté gauche, on accède à une salle de bain assez vétuste que Christopher semble avoir utilisée le matin même. Nous pensons à ce jeune artiste itinérant, qui survit au jour le jour, cherchant son véritable personnage dans les jeux instables de ceux qu'il interprète, alors que nous découvrons avec émotion le savon, le dentifrice, la brosse à dents et la robe de chambre encore soyeuse de ses dix-neuf ans.

La chambre de l'exilé volontaire est encore plus surprenante dans son contraste avec la vie présente de celui qu'elle a longtemps abrité. Nous comprenons mieux combien Christopher a dû rêver de liberté dans le confort étouffant de ce lit à baldaquin torsadé que des tentures vert et or alourdissent sans pitié pour l'esthétique la plus élémentaire. Tout nous évoque la cage dorée d'un oiseau de luxe : les moulures vieillies d'un plafond trop haut, les sombres boiseries qui raccourcissent une tapisserie si riche qu'il faut l'amortir sur plusieurs générations, le parquet de chêne impeccablement ciré au point d'en refléter le vaste lit, et les meubles de bois rougeâtre froidement décorés de poignées de bronze et de panneaux de marqueterie.

- "Nous aurions besoin de quelques précisions sur Christopher." confie Betty tout en attirant James vers l'unique croisée de la pièce, véritable tunnel de lumière qui transperce les murs épais de cette prison d'adolescent. "Oui," reprend-elle, "nous sommes en fait persuadés que Lord Alderson est toujours menacé, et c'est la piste de Christopher qui nous paraît la plus plausible. C'est d'ailleurs plus ou moins votre opinion, n'est-ce pas ?"
- "Je ne saurais dire, Mademoiselle."
- "Pourtant, vous pensiez à lui l'autre jour, devant Lord Alderson ?"

- "C'est vrai. Mais je ne voudrais pas faire souffrir mon Lord en disant du mal de Monsieur Christopher."
- "Soyez rassuré, James. Nous ne dirons rien au Lord... Mais dites-moi plutôt... comment se comportait Christopher dans les mois qui ont précédé son départ ?"

Ce que James répond ne m'intéresse déjà plus. D'une part, il ne faut prêter que peu de foi aux dires d'un témoin que Christopher ne semble pas apprécier, et d'autre part, il est enfin temps de passer à l'action. Laissant James pris au piège des souvenirs dans les griffes interrogatives du Sergent Beetle, je m'approche discrètement de l'antichambre où les précisions utiles de Christopher m'ont permis de remarquer le mur droit entièrement tapissé de portes grises. Lorsque avec d'infinies précautions j'ouvre le premier des trois placards qui se succèdent, j'ai la déception de ne trouver qu'une obscure penderie aux effluves de naphtaline. Déçu, je dois renouveler ma silencieuse expérience avec la deuxième porte, mais le peu de lumière qui s'y engouffre aussitôt suffit à illuminer mon regard d'intérêt.

Les deux rayons du bas, visiblement consacrés aux chaussures du jeune Alderson, confirment enfin nos suppositions policières. Alors que l'étagère inférieure contient en vrac deux paires de bottes et trois paires de mocassins dont les trop petites pointures remontent à une lointaine adolescence, deux paires de tennis usagées se partagent l'étagère supérieure, soigneusement rangées de chaque côté d'un vide qui trahit une absence révélatrice. En m'assurant à nouveau de la distraction de James, je vérifie aussitôt la marque desdites chaussures de tennis, pour découvrir qu'il s'agit bien de Walkers. Puis il me faut refermer le placard au trésor, et prendre soin de contrôler le contenu caché derrière la toute dernière porte. Malheureusement pour moi, le troisième loquet s'avère anormalement bruyant et James apparaît tandis que je constate le peu d'intérêt du linge qui s'y trouve entreposé.

- "Vous cherchez quelque chose, Inspecteur ?"
- "Oui et non," fais-je sur le ton le plus banal. "Savez-vous si Christopher se droguait, par hasard ?"
- "Non. Enfin, je ne crois pas. Pourquoi ?"
- "Parce que tout est possible, vous savez. Les drogués sont capables de n'importe quoi pour se procurer de l'argent frais. A-t-on fouillé ses appartements après son départ ?"
- "Bien sûr, Monsieur l'Inspecteur. J'ai moi-même assisté mon Lord pour cela. Nous espérions trouver une adresse utile nous permettant de joindre Monsieur Christopher, mais nous n'avons absolument rien trouvé d'anormal."
- "Très bien. Dans ce cas, je crois que la réponse à nos questions ne peut plus être ici. En avez-vous terminé avec vos questions, Betty ?"
- "Je crois que oui, Donald. James a vraiment été très coopératif."
- "Je remercie Mademoiselle, et je reste à son entière disposition."
- "Merci, James. Savez-vous où nous pourrions trouver Monsieur Fox ?"
- "A cette heure-ci, il doit être dans la roseraie de mon Lord, Monsieur l'Inspecteur."
- "Très bien. Nous allons l'y rejoindre. Vous venez, Betty ?"

Sitôt sortis du manoir, j'en profite pour informer Betty de la découverte dont l'ignorance enflamme son regard d'impatience, avant de me préoccuper du bavardage forcé qu'elle vient de faire subir au maître d'hôtel.

- "C'est vrai que James a été à ce point coopératif ?"
- "Pensez-vous ! J'ai dit ça pour l'endormir."

141

- "Et vous avez tout à fait réussi ! J'ai même l'impression qu'il vous a trouvée pleine de charme !"
- "C'est plutôt normal, non ? Puisque j'en ai à revendre !"
- "Je ne le sais que trop ! Mais je vous croyais plus modeste, Betty !"
- "Mais quand je dis ça, je suis encore modeste par rapport à la réalité, mon cher ! Que voulez-vous, il faut croire que votre complexe de supériorité a déjà déteint sur moi !"
- "Tant mieux ! Un chef doit toujours servir de modèle ! Mais attention ! Nous arrivons à la roseraie."

Nous cherchons le jardinier en balayant du regard le labyrinthe de buissons fleuris qui embaument cette partie du domaine et se disputent sans cesse les faveurs du vent avec les bâtiments malodorants de la ferme des Fox. En sifflotant un air d'opérette populaire qui semble rythmé à la cisaille, le brave Robert travaille cassé en deux, le postérieur pointé au ciel, dans un trop large pantalon de velours gris.

- "S'il vous plaît, Monsieur Fox ! Auriez-vous quelques minutes à nous consacrer ?"
- "Oh ! Pour sûr M'sieur l'Inspecteur ! S'cusez-moi, que j'vous avais pas entendu arriver."
- "Dites-moi, Monsieur Fox, avez-vous bien connu Christopher Alderson ?"
- "Pour sûr que j'l'ai bien connu, M'sieur l'Inspecteur ! C'tait bien un brave p'tit gars, le Christopher… toujours prêt à rendre service au vieux Bob… et vous pouvez pas savoir c'qu'il aimait les bêtes, ce p'tit !... même qu'on s'disait avec Millie qu'y serait bien plus heureux si y faisait l'fermier comme nous !"

Prenant le ton le plus anodin, j'oriente la conversation en évitant la question trop directe qui démange déjà mes cordes vocales.

- "Quels étaient ses loisirs favoris ?"
- "Ben... comme tous les garçons de son âge, savez. Malgré qu'y soille riche, l'avait pas de goût d'luxe, M'sieur l'specteur."
- "C'est-à-dire ?"
- "Ben... j'veux dire que l'golf, c'tait pas son genre, comme qui dirait. Pas plus que le ch'val, d'ailleurs."
- "Alors, que faisait-il de son temps libre ?"
- "Ben, y lisait ben trop ! Même que j'y disais qu'y s'y abîmait les yeux. Et pis, y venait beaucoup à la ferme pour nous aider à y faire l'travail avec les bêtes."
- "Il n'avait donc aucune autre passion particulière." insiste Betty en désespoir de cause.
- "Ben non, euh... attendez-voir un peu... que j'y repense... A ben si, pardi ! Les derniers temps, y avait cette satanée moto, bien sûr !"
- "Ah bon ? Il avait une moto ?"
- "Ouais, un gros engin qui y faisait un boucan du tonnerre de Dieu ! Un drôle de cadeau pour ses dix-huit ans, en tout cas !"
- "Et quand il faisait de la moto, c'était ici ou sur la route ?"
- "Pour ça, j'y dirais plutôt partout ! Même qu'à la fin son père l'engueulait à cause qu'y perdait son temps à la bricoler dans son garage."
- "Le garage... du manoir ?"
- "Non. J'veux dire la remise, savez ben, à côté des cuisines, là où y a la réserve de bois."

143

Je regarde Betty que je sens vibrer d'impatience à l'idée de toucher au but. Mais il faut impérativement parler d'autre chose afin de noyer cette révélation involontaire dans un flot de réflexions sans intérêt, pour le cas où le chaleureux fermier serait plus tard interrogé sur ce qu'il nous raconte, tant et si bien qu'un bon quart d'heure s'écoule avant de nous permettre de retourner sans risque au manoir, dans l'intention résolue d'explorer au plus tôt la remise des cuisines.

- "Je crois qu'il est plus prudent de se séparer à nouveau, Betty. Ensemble, nous risquerions trop d'attirer l'attention des gens du manoir. Faisons donc comme pour les chaussures, voulez-vous ?"
- "Je crois que vous avez raison, Donald. Je vais y aller toute seule."
- "Où ça ?"
- "A la remise, pardi !"
- "Non. Ce n'est pas ce que j'ai prévu. Vous allez rendre une visite de politesse au Lord, en vous assurant que James reste près de lui, quitte à prétexter un double interrogatoire. Et pendant ce temps-là, j'aurai les mains libres pour chercher la moto."

Betty s'arrête aussitôt pour me fixer d'un air pincé, les deux mains sur les hanches.

- "Et pourquoi ne pourrais-je pas visiter la remise moi-même ?"
- "Mais parce que... parce que vous êtes plus douée que moi pour parler aux gens, vous le savez bien. Tandis que moi je n'ai eu qu'un seul cours de psychologie, après tout !"

144

- "Apparemment, vous en savez déjà assez pour abuser de votre pouvoir !" lance-t-elle sur le ton d'une féministe révoltée.
- "Voyons, Betty ! Comprenez-moi, je vous en supplie !"
- "J'ai tout compris, Donald. A vous les découvertes, et à moi le sale boulot ! C'est typiquement masculin !"
- "Allons, vous n'y êtes pas du tout, Betty. Croyez bien que ce serait un rêve d'être avec vous dans une remise…"
- "Et ça, ce n'est pas typiquement macho, peut-être ?... Enfin, c'est dommage ! J'avais cru comprendre que vous étiez un homme différent des autres…"
- "C'est-à-dire ?"
- "C'est-à-dire, un homme ! J'attends votre réponse pour être fixée."

Que faut-il répondre à pareille sommation ? Betty attend ma réponse, plantée devant moi, les bras maintenant croisés en signe de grève surprise, resplendissante d'une beauté que la mauvaise humeur rend irrésistible, tandis qu'il me revient de trahir les prérogatives de l'homme et du chef pour satisfaire ce petit bout de femme effarouchée et retrouver grâce à ses yeux.

- "Soit. A vous la remise, Betty. J'occuperai les autres pendant ce temps. Bonne chance !"
- "Non."
- "Comment ça, non ?"
- "Non. C'était pour rire."

Betty s'amuse de me voir abruti par l'incompréhension face à son brutal revirement, au point de me faire répéter sa réplique.

- "Pour rire ?"

145

- "Enfin, pour vous rappeler à la psychologie, Donald. Car vous avez raison sur le fond, mais vous avez complètement raté la forme."
- "Et qu'aurais-je dû faire, Maîtresse ?"
- "Vous auriez dû me laisser suggérer la même manœuvre, puisque j'étais d'accord sur le fond."
- "Mais comment pouvais-je le savoir ?"
- "Vous auriez dû le sentir," corrige-t-elle en ralentissant sur ce dernier mot. "Ou bien me demander mon avis. Mais c'est presque mieux ainsi, puisque ça m'a permis de vous tester."
- "De me tester ?"
- "Oui. De voir si vous acceptiez de changer d'opinion et d'inverser les rôles."
- "Et j'ai accepté !"
- "Et je vous en félicite, Donald ! C'est le contraire qui m'aurait déçue."
- "Alors, le test est finalement positif ?"
- "Parfaitement." proclame-t-elle sur le ton d'une institutrice distribuant des bons points. "Et maintenant, au travail ! D'abord, prenez cette lampe de poche, on ne sait jamais." conseille-t-elle en me tendant un minuscule crayon lumineux. "Et puis, attendez quelques minutes avant de vous rendre à la remise, le temps que j'occupe ces messieurs à bavarder."
- "Merci, Betty !"
- "Pourquoi ?"
- "Pour ma deuxième leçon."
- "C'est gentil, ça !... Soyez quand même prudent !"

Elle me gratifie d'un large sourire, tandis que mon amour propre se cicatrise en la voyant s'éloigner du pas alerte d'une jeune biche à travers un sous-bois. Je respecte le délai de sécurité proposé d'autant plus facilement que la gracieuse petite créature m'a laissé pantois, car jamais encore je n'avais si nettement ressenti la déroutante supériorité de ma subordonnée.

Comme prévu, la remise m'attend de l'autre côté du manoir, blottie contre le mur des cuisines, comme pour mieux résister aux intempéries conjuguées du Nord et de l'océan. Elle se présente sous la forme d'un petit hangar construit longtemps après le manoir, comme en témoigne son mur de briques et de mortier, percé çà et là de petits fenestrons sans vitre, afin que le bois entreposé puisse sécher lentement avant de se consumer dans d'insatiables fourneaux et cheminées. Il faut se frayer un chemin hasardeux entre plusieurs piles de bûches retenues par nombre de pieux métalliques, tandis qu'un sous-plafond anormalement bas permet de remiser de belles planches de bois noble sans doute destinées à des réparations intérieures. Au fur et à mesure que je m'éloigne de l'entrée, l'ordre scrupuleux se change en un petit capharnaüm où de vieux morceaux de meubles ont été entassés puis oubliés au profit de l'obscurité. En me repérant d'abord au toucher, je fais de mon mieux pour ratisser cette surface chaotique avant de heurter ce que je cherchais. La Ghnôme-Rhône est bien là, à demi engloutie sous le désordre du mobilier déchu, offerte à l'exploration que m'autorise la discrète lampe du Sergent Beetle. Sitôt dégagée la partie centrale du mystérieux engin, je remarque que la poussière qui recouvre le moindre objet autour de moi en a déserté le siège et le réservoir. Je dévisse aussitôt le bouchon de ce dernier, libérant un heureux parfum d'essence qui grise ma curiosité enfin satisfaite. Même le moteur trahit sa joie d'avoir récemment pétaradé par une petite flaque d'huile qu'un temps trop court n'a pas encore asséchée. La preuve est désormais établie que le manoir d'Aldersea abrite l'assassin.

147

# VIII

Ainsi savons-nous désormais comment les Fleet et le comptable de Mapletown ont quitté cette vie terrestre bien malgré eux, et dans des conditions qui ne doivent pas plus au naturel qu'à l'accidentel. De plus, il ne fait aucun doute que James tient les rênes de cette monstrueuse chevauchée, dont chaque tournant révèle une mort supplémentaire qui entache le paysage du sang de l'irréparable. Certes, nous sommes clairement fixés quant au "comment" de cette folle intrigue, mais le "qui" et le "pourquoi", échappant encore à notre entendement policier, paralysent curieusement notre enquête. Dans la force de sa quarantaine, James est très vraisemblablement l'intendant des trois meurtres. Mais alors, a-t-il agi seul ou sous l'autorité de son maître tant respecté ? Là est la question cruciale à laquelle il nous faut à tout prix répondre avant de pouvoir prétendre intervenir au nom de la loi, tant il est préférable de ne point se méprendre en arrêtant seulement un coupable sur deux.

Or un temps précieux s'écoule, obéissant au tic-tac indifférent de la Grande Horloge qui décompte nos vies fragiles et éphémères face à l'Eternité. Des journées vides et des nuits stériles se succèdent sans qu'aucun fait nouveau ne puisse fissurer le masque étanche du criminel ou trahir les ressorts secrets de son mobile. Nous sommes fort tentés d'arrêter James pour le contraindre aux aveux, tant le piétinement de nos investigations nous fait piaffer d'impatience. Mais une telle erreur serait impardonnable, car toute précipitation pourrait décharger le Lord de son éventuelle culpabilité, laissant l'exécutant payer seul l'addition du tribunal pour le commanditaire.

Je questionne Betty pour la énième fois, alors que nous prenons le thé dans la bibliothèque de notre première rencontre, échafaudant maintes hypothèses en châteaux de cartes qui s'effondrent sous le seul poids de leur fragilité.

- "Comment expliquez-vous ce calme plat ?"
- "Oh. Je sais ce que vous pensez, Donald." soupire-t-elle comme un refrain devenu monotone. "Vous croyez que c'est une preuve contre Lord Alderson, n'est-ce pas ?"
- "Malheureusement, ce n'est pas une preuve, Betty. Mais c'est tout de même plus qu'un indice. Car enfin, pourquoi le Lord n'est-il plus menacé ?"
- "Pour lui, ça ne fait aucun doute, il nous le redit à la moindre occasion : c'est parce qu'Edward Spencer était le seul coupable."
- "Mais puisque nous savons que c'est faux, notre protégé devrait être encore en danger de mort !"
- "Oui, bien sûr…" fait-elle machinalement, absorbée dans sa méditation, les deux coudes sur la table, pour mieux caler l'ovale de son visage entre ses mains d'opaline.
- "Et pourtant…"
- "Pourtant quoi ?"
- "Pourtant, si Lord Alderson était coupable, il aurait donc simulé les menaces depuis le début, n'est-ce pas ?"

- "Certainement. Et alors ?"
- "Alors, il prendrait sûrement la précaution de continuer maintenant, et le fait qu'il ne fasse rien prouve qu'il est sincère depuis le premier jour."
- "Attention, Betty ! Vous allez un peu trop vite en besogne ! Peut-être ne sait-il rien, mais peut-être sait-il tout sans savoir que nous le savons."
- "Pardon ?" s'étonne-t-elle en écarquillant des yeux interloqués.
- "Oui. Je veux dire… Imaginez qu'il soit le commanditaire des trois meurtres Il veut donc nous faire croire que c'était Spencer le responsable, et qu'il s'est suicidé. Et parce qu'il ignore que nous avons découvert la preuve du contraire, il nous empêche de pousser plus loin notre enquête, en espérant que nous nous lasserons. Jusqu'au jour où nous serons forcés de conclure au suicide du meurtrier. Vous me suivez ?"
- "Oui, hélas ! Ce qui prouve que, même coupable, il n'a pas intérêt à s'inventer de nouvelles menaces."
- "Au contraire, Betty. D'ailleurs, Lord Alderson est aujourd'hui le seul héritier de l'oncle Harold. Autre fait qui semble l'accuser directement, oui ou non ?"
- "C'est vrai que cet héritage est sans doute la clé du…"

Betty suspend sa phrase, en même temps que sa main droite, dans l'immobilité absolue d'une statue de cire sculptée à la gloire de la féminité policière.

- "Je crois que j'ai trouvé !" murmure-t-elle d'une voix tremblante sous le frisson d'une illumination soudaine.
- "Vraiment ? Alors, expliquez-vous."
- "Eh bien, a priori, tout nous fait croire que Lord Alderson est coupable, n'est-ce pas ?"
- "Exact. C'est même le moins qu'on puisse dire !"

- "Or, il est innocent."
- "Comment le savez-vous ?"
- "Mais à cause des Fleet, voyons !"
- "Ah non ! Vous n'allez pas recommencer, Betty !"
- "Mais si, Donald ! Voyons ! Ecoutez-moi jusqu'au bout, pour une fois. Supposons que Lord Alderson soit innocent ..."
- "Difficile à croire aujourd'hui !"
- "Je vous en prie, Donald ! Faites un effort ! Donc, s'il est innocent, c'est qu'il est manipulé depuis le début."
- "Alors, pourquoi n'est-il plus menacé ?"
- "Justement, peut-être parce qu'il n'a jamais été menacé !"
- "Sans vouloir vous choquer, Betty, je ne comprends rien à votre explication."
- "Mais si, voyons ! ça veut simplement dire que quelqu'un se serait servi de lui depuis le début de l'affaire, afin d'éliminer les autres candidats à l'héritage de l'oncle Harold."
- "James ?"
- "Sans doute."
- "Mais dans quel but ?"
- "C'est évident, voyons !" crie-t-elle en frappant une table qui ne lui veut aucun mal. "Pour enrichir le Lord de tout l'héritage de l'oncle Harold ! "
- "Et tout ça, sans aucune directive de Lord Alderson ? "
- "Parfaitement. James a très bien pu agir à l'insu de son maître, vous ne croyez pas ?"
- "C'est matériellement possible, en effet. Mais quel intérêt aurait-il eu à faire cela en prenant autant de risques ?"
- "C'est bien là le détail qui nous manque."
- "Détail de taille, Miss ! et sans lequel votre logique est dans l'impasse !"

- "A votre avis," reprend-elle, infatigable, "pourquoi James pourrait-il souhaiter que son Lord s'enrichisse malgré lui ?"
- "Je ne vois pas pourquoi… à moins que…"
- "Oui, Donald ! Nous y sommes ! A moins que James lui-même ne soit intéressé comme héritier de Lord Alderson ! C'est bien ce à quoi vous pensez, n'est-ce pas ?"
- "Oui. Ce serait la seule hypothèse possible… Mais tout de même !"
- "Qui sait ? Après tout, nous n'avons jamais questionné le Lord au sujet de son testament. Or les testaments sont comme les trains…"
- "Pardon ?"
- "Je veux dire qu'un testament peut en cacher un autre ! N'oubliez pas que ce Lord Alderson nous a confié à propos de James : il l'a pratiquement adopté comme un fils quand il a perdu ses parents. Et comme par hasard, son vrai fils a déserté le manoir !"
- "Nom d'une pipe ! Voilà qui changerait tout !"
- "N'est-ce pas ? Vous voyez bien que j'ai raison !"
- "Bravo Betty ! Voilà enfin une hypothèse qui tient la route !"
- "Et même si James ne peut compter sur tout l'héritage du Lord, son intérêt personnel est directement proportionnel à la richesse de son maître."
- "Ma parole ! On dirait que tout s'éclaircit ! Même la question de Christopher au sujet de James va dans ce sens !"
- "Mais alors, ça voudrait dire que Lord Alderson serait la prochaine victime de James !"
- "Oui, mais pas encore. Du moins, pas tant que l'oncle Harold est vivant. Mais ce n'est peut-être qu'une question d'heures…"

- "Quelle horreur !" murmure-t-elle en frissonnant au point de rouler les "r" à l'écossaise. "Quel affreux personnage !"
- "Oui. Je commence à comprendre son manège. Mais il va falloir jouer très fin pour le coincer."
- "Pourquoi ? Il suffit de tout dire à Lord Alderson !"
- "Surtout pas, Betty ! S'il est arrivé à manipuler son maître au point d'être parmi ses héritiers, vous pensez bien qu'il est impossible de le dénoncer de but en blanc. Non. Il serait capable de s'inventer des alibis rien qu'en persuadant Lord Alderson."
- "Pourtant, nous avons des preuves contre lui."
- "Oui, bien sûr. Mais j'ai bien peur qu'il soit impossible de l'attaquer sur son propre terrain. Il ne faut surtout pas qu'il se sente traqué, sinon il n'aurait plus rien à perdre, et nous n'aurions même pas les moyens de protéger le Lord."
- "Alors, que faut-il faire ?"
- "Il faut d'abord réfléchir sans précipitation. Après tout, rien ne presse, puisque Lord Alderson n'a pas encore fait son héritage."
- "Nous n'allons quand même pas attendre la mort de l'oncle Harold pour arrêter ce montre !" lance-t-elle violemment sur un ton qui rappelle son émotion face à l'horrible destin des Fleet.
- "Non, bien sûr que non. Ce serait trop risqué. Mais il faut un plan d'attaque sans faille... Ecoutez, je vous propose d'y réfléchir jusqu'à demain. La nuit porte conseil."
- "Ok, boss. C'est une sage décision. Dans ce cas, je réclame ma première leçon."
- "Pardon ?"

153

- "Oui, vous avez très bien entendu, Donald ! Vous avez deux leçons d'avance sur moi et voilà plusieurs jours que vous repoussez cette promesse."
- "Vous croyez ?"
- "J'en suis sûre. Et qui plus est, il me semble que je la mérite amplement après ce que je viens de découvrir."
- "Sans aucun doute, mais... vous... vous êtes bien en forme pour prendre le volant comme ça, tout de suite ?"
- "Naturellement ! Souhaiteriez-vous perdre mon estime, Donald ?"

Cet argument est décisif, et je dois me rendre à l'évidence de mes devoirs amicaux, quoiqu'il me paraisse stupide de risquer gratuitement quelque complication à ce stade avancé de nos investigations.

- "Je vous écoute." dit-elle quelques minutes plus tard, sagement assise au volant de l'Austin, et fixant l'horizon bouché de notre commissariat.

Je commence en hésitant passablement, afin de trouver une formulation acceptable pour ménager sa susceptibilité à fleur de peau.

- "Bien. D'après ce que j'ai pu observer la dernière fois que j'étais votre passager, euh... le... la psychologie dont vous faites preuve envers les humains semble vous faire défaut vis-à-vis des choses mécaniques."
- "Que voulez-vous dire ? Je ne vois pas le rapport !"
- "C'est bien ce que je pensais... Je veux dire que vous êtes un peu brusque envers cette voiture de fonction. Il faut la ménager, la conduire en douceur, vous comprenez ?"

- "Ma parole ! On dirait que vous en parlez comme s'il s'agissait d'une vieille demoiselle !"
- "C'est un peu le cas, en un sens…"
- "Maintenant je comprends pourquoi tant de maris sont plus attentifs à leur voiture qu'à leur femme !"
- "Non, là vous exagérez, Betty. Je veux seulement dire qu'il faut éviter les à-coups, que ce soit en accélérant, en débrayant, ou en freinant. Vous me suivez ?"
- "Cinq sur cinq, chef !"

Ce disant, elle tourne la clé de contact, et le moteur se met à vrombir sous la pédale écrasée de l'accélérateur.

- "Non ! Betty ! Vous n'y êtes pas du tout ! Le moteur est encore trop froid pour tourner à ce régime. Regardez donc le tableau de bord : la température idéale est entre ces deux repères."
- "Ah bon ? C'est la température, ça ?" questionne-t-elle sans feindre la naïveté alors que nous sommes déjà lancés à vive allure sur la première ligne droite.
- "Oui. Et ce grand cadran, là, c'est pour indiquer votre vitesse…"
- "Merci quand même, mais je le savais !"
- "Et savez-vous que la vitesse est limitée, et que la police se doit de donner l'exemple ?"
- "Sauf en cas d'urgence…"
- "Ce qui n'est pas le cas !"

Par instinct de survie, je rétorque du tac au tac en pensant malgré moi à l'hôpital que nous laissons sur notre gauche.

- "Attention, vous êtes au milieu de la route… et n'attendez pas le dernier moment pour vous rabattre quand vous croisez… voilà, c'est beaucoup mieux comme ça, vous ne trouvez pas ? Bravo ! Très bien... continuez. Vous voyez, ce n'est pas si difficile que ça."

A ma grande surprise, Betty fait de rapides progrès dont j'attribue aussitôt le mérite à ma pédagogie routière. Il faut dire qu'elle connaît son chemin puisque nous avons machinalement pris la direction du manoir. Très vite, je remarque qu'il suffit de la féliciter pour qu'elle se mette à conduire de façon détendue, et pour tout dire, normale, ce qui tient déjà de l'exploit étant donné les habitudes dangereuses à redresser. Au fil des virages qui serpentent à travers le paysage verdoyant et vallonné de notre comté, je lui fais prendre enfin conscience des merveilles mécaniques rassemblées dans cet objet roulant encore identifiable. Cette partie de mon enseignement n'est pas la plus facile, car Betty, fidèle à la délicieuse nature de son genre humain, considère le fruit de plusieurs générations de cerveaux masculins comme une évidence aussi bête que deux et deux font quatre. D'où l'exposé technique que lui fait son modeste moniteur, afin de lui faire comprendre qu'on ne peut respecter l'usage du moindre objet sans en admirer quelque peu la lointaine invention. Nous sommes alors aux abords du site de nos fouilles policières, dont la fière construction laisse poindre ses toitures d'ardoise bleutée au-dessus d'un flot instable de cèdres et de peupliers. Mais nous convenons tacitement qu'il est inutile de s'y arrêter, tant nos visites de politesse vainement répétées finissent par agacer le respectable châtelain.

- "Et ce voyant lumineux, Betty, savez-vous ce que c'est ?"
- "Bien sûr, voyons ! C'est pour nous dire que la vieille demoiselle a soif !"
- "Je crois qu'il y a une station-service dans le prochain hameau. Nous en profiterons pour faire le plein."
- "Ok boss !"

Afin de forcer mon admiration, la candidate-au-permis-de-me-conduire fait ralentir notre allure, tout en commutant le clignotant du geste ample et autoritaire d'un chef d'orchestre concluant un mouvement de concerto. L'arrivée s'avère parfaite puisque, non contente d'éviter les deux pompes à essence, Betty parvient à braquer de justesse pour sauver un boxer baveux et apathique qui semble las de vivre au point de s'étaler sur l'asphalte.

- "Bravo, Betty ! Cette fois-ci, vous avez l'expérience d'un vieux routier. Reculez quand même un peu, vous êtes trop loin de la pompe."
- "Oui, c'est à cause du chien..."
- "Je sais."
- "Super ? Combien qu'y vous faut ?" nous crie un pompiste apparemment dur d'oreille et si court sur pattes qu'il donne l'impression de travailler sur les genoux.
- "Le plein, s'il vous plaît." ordonne mon chauffeur tandis que nous sortons du véhicule pour faire quelques pas bien mérités.
- "Tiens, mais... ma parole ! Seriez-t-y pas les policiers du manoir ?"
- "Oui. Pourquoi ? Vous nous connaissez ?"
- "Comment ?"
- "Je dis, vous nous connaissez ?"
- "Ah ben, plutôt, oui ! Pensez donc ! On parle que d'ça au Deux Lièvres," fait-il en pointant un menton ridé et mal rasé en direction du pub en question. "Et c'est pas d'aujourd'hui qu'les Jamoureux font parler d'eux !"
- "Les quoi ?"
- "Les trois ? Non ! Des Jamoureux, y'en a qu'deux ! Les deux "J" . Même qu'c'est pour ça qu'on les appelle les Jamoureux, pardi !"

Je regarde Betty sans comprendre, puis me rapproche des oreilles déformantes du pompiste afin d'éviter d'inutiles redites.

- "Mais qui sont les deux "J" ?"
- "Ben quoi ? Savez don' pas encore ? Le James et l'Jonathan, comme toujours !"
- "Jonathan ?"
- "M'enfin ! Le vieux Lord, quoi ! C'est d'la vieille histoire, tout ça ! On voit bien qu'vous êtes pas de ce patelin-ci, vous deux. D'mandez voir au pub d'en face si vous m'croyez pas."
- "Et... ça fait combien de..."
- "Vingt-deux livres, ça vous fait vingt-deux livres tout juste, mon bon m'sieur !" répète-t-il machinalement en raccrochant le tuyau.
- "Non ! Les deux "J" ! Depuis combien de temps sont-ils..."
- "Ah ! Oh, ça va bien chercher dans les vingt ou vingt-cinq ans, au moins." précise-t-il en hochant une tête au visage attristé. "Qu'voulez-vous, c't'une famille maudite qu'habite le manoir... En tout cas, ça donne pas envie d'êt' riche tout, ça ! Enfin, merci m'sieur... Et trois livres qui font vingt-cinq !... A vot'service !"
- "Eh bien, Betty, je crois que votre intuition est décidément géniale !"
- "N'est-ce pas ? Pas étonnant que James soit couché sur le testament du Lord s'il l'est déjà dans son propre lit !"

Est-ce sous l'effet troublant de son humour ou de l'excitation professionnelle que la révélation du pompiste vient de ressusciter ? Toujours est-il que Betty en oublie sa récente marche arrière et accélère trop nerveusement pour éviter le choc, déracinant une pompe en lui abandonnant l'essentiel du pare-chocs.

Moins de deux heures après ce stupide contretemps, la nouvelle a déjà fait le tour de notre microcosme policier, au point que Betty se trouve convoquée de toute urgence par l'Inspecteur Général Grigson pour rendre compte des ultimes dégâts qu'elle devrait jamais causer à son administration. Je décide de l'accompagner par instinct de solidarité, tant elle semble craindre les conséquences disciplinaires de son cinquième accident en quatre mois de service.

- "Cette fois-ci, je n'ai plus qu'à rendre les clés !" soupire-t-elle discrètement en arrivant à la porte du jugement tant redouté.
- "Laissez-moi faire, voulez-vous ?"

Je lui chuchote une promesse de surprise en lui adressant un clin d'œil réconfortant tandis qu'une voix métallique nous ordonne d'entrer.

- "Eh bien, Sergent Beetle, je crois que vous avez rompu notre dernier contrat ! J'imagine que vous savez ce qu'il vous reste à faire ?"

Sans laisser à ma collègue le temps d'ouvrir la bouche, j'interviens avec bravoure.

- "Pardon, Monsieur l'Inspecteur Général ! Il doit y avoir erreur sur la personne. En l'occurrence, c'est moi qui conduisais l'Allegro, malheureusement !"
- "Vraiment ? Dois-je comprendre que la conduite du Sergent Beetle est à ce point contagieuse ?"
- "Non, mais c'est ainsi. La réputation de ma collègue vous aura sans doute induit en erreur, mais je puis vous

assurer que ce qui vient d'arriver est entièrement de ma faute. D'ailleurs, il vous suffirait de faire interroger le pompiste pour vérifier les faits."

- "Je n'y manquerai pas, Monsieur Flag. Néanmoins, je vous conseille de ne pas recommencer, car je serai désormais forcé d'additionner vos dégâts, puisque vous semblez si bien partager les risques !" conclut-il sans être aussi naïf que je l'espérais. "Vous pouvez disposer, puisque nous avons déjà fait le point sur votre enquête en réunion de service."

Quelques instants plus tard, je décide de profiter de l'émotion reconnaissante de Betty pendant que l'ascenseur nous raccompagne dans son exiguïté propice.

- "Vous êtes fou, Donald ! Grigson n'aura aucun mal à vérifier votre mensonge !"
- "Ne vous inquiétez pas, Betty. Après l'incident, j'ai graissé la patte au pompiste."
- "C'était donc prémédité. Mais pourquoi avez-vous fait ça, Donald ?"
- "Parce que, je… je vous estime beaucoup plus que vous ne l'imaginez, au point de prendre tous les risques…"

Et j'ose aussitôt prendre celui de l'embrasser en stoppant l'ascenseur pour arrêter le temps. Mais Betty intercale malgré elle une main tremblante entre nos deux profils, sous l'empire d'un réflexe pudique qui semble aussitôt regretté.

- "Non, Donald. Pas maintenant."
- "Alors, quand ? Vous avez assez de preuves de mon sérieux, non ?"

160

- "Oui, rassurez-vous. Mais je n'aime pas la précipitation. Et puis… j'ai besoin d'estimer autant que d'aimer."
- "Et ce n'est pas le cas ?"
- "Presque. Ce sera le cas quand nous aurons arrêté l'assassin." avoue-t-elle enfin, bloquée par son obsédant besoin de venger l'horreur qui l'a traumatisée.

Le silence ambigu qui suit me laisse tout autant frustré dans l'immédiat que perplexe face à l'étrange rendez-vous que me fixe le Sergent de mon cœur.

- "Et croyez bien que je me languis autant que vous de ce grand jour !" soupire-t-elle en débloquant notre cage suspendue.

Je reste muet jusqu'au terme de notre lente chute vers la réalité, décidé à ne rien compromettre en brusquant une nature aussi imprévisible que le vol d'une feuille d'érable sous un vent d'automne.

- "Pour ma part, j'ai trouvé l'assassin. A vous de chercher, d'ici demain matin, le moyen de l'arrêter. En attendant, il vaut mieux que je vous laisse y réfléchir. Bonne nuit, Donald !"

Elle croit bon de parfaire son "au revoir" en m'adressant un éclair de baiser du bout des doigts qui m'ont si mollement repoussé, me laissant aveuglément déterminé à lui offrir la capture de James en cadeau préalable à la déclaration de la flamme qui m'embrase déjà.

# IX

La soirée qui suit s'éternise au point de blanchir ma nuit du voile immaculé de l'insomnie, tant je dois soudain décupler mes capacités mentales et repousser les frontières de mon imagination bien au-delà de ma logique habituelle. Cette nuit, enfin, ma première enquête semble mûre à point pour me permettre de cueillir, avec son évident meurtrier, les jeunes lauriers d'une carrière dont l'exemplarité ne peut que dépasser la modestie. Mais voilà que l'enjeu devient double, puisque Betty doit s'offrir en prime à son chef sitôt l'assassin sous les verrous de Dame Justice, promesse certes stimulante, mais qui me prive radicalement de tout droit à l'erreur. Autant dire que je fais feu de tout bois pour attiser mon intellect et tenir à l'écart la faune nocturne du sommeil engourdissant et de ses rêveries nonchalantes, consommant dans une quasi continuité tous les tabacs, liquides et sucreries que j'ai eu la sagesse d'acheter avant de m'enfermer dans mon conclave solitaire. Ces piètres stimuli terrestres ne sont point de trop face à l'obstacle à franchir, car, si l'assassin m'est connu, sa position particulière rend inopérante et dangereuse tout procédure classique d'arrestation. Que diable pouvons-nous faire contre un triple meurtrier qui se sait a priori protégé par sa prochaine victime ?

162

Comment devons-nous manœuvrer dans ce brouillard épaissi de dissensions familiales aux relents de scandale, puisqu'il faut désormais compter sans l'aide de Lord Alderson ? Telle est l'équation judiciaire que Betty m'a chargé de résoudre, tout en m'accordant le meilleur moyen de la satisfaire. Car c'est à l'enjeu sentimental de ma fière collègue que je dois la force d'en trouver la solution.

A l'heure habituelle de son retard, Betty me découvre assoupi dans la salle des archives où mon avance forcée a enfin vaincu ma volonté de rester éveillé. Fraîche et reposée, elle fait mine de plaindre mon regard à demi éteint sur les cernes traîtresses d'une fatigue inhumaine, en espérant secrètement qu'elle en est la seule cause. Mais comme l'heure n'est point aux confessions entre collègues, je lui explique que j'ai très mal dormi, tant la solution que je prévois de mettre en place a accaparé mon esprit bouillonnant de jeunesse. Puis, je me mets en devoir de lui expliquer par quel savant procédé nous serons assurés de mettre la main sur le machiavélique serviteur de Lord Alderson. Voyant que je commence par affirmer qu'il est impossible d'arrêter James sans le prendre en flagrant délit, ma subordonnée ose m'interrompre à plusieurs reprises, enfourchant nerveusement les grands chevaux de l'impatience juvénile, pour critiquer ma conclusion sans même prendre le temps d'entendre le moindre développement logique. Las de me battre contre une fraîcheur d'esprit que je n'ai plus depuis la veille, je dois la raisonner en arrimant les mains pesantes de l'insomnie sur ses frêles épaules, afin de la fixer des quelques feux dont mon regard glauque est encore capable. Puis je la supplie de m'écouter jusqu'au bout avant de poser des questions qui auront quelque chance d'être un peu plus pertinentes. Impressionnée, Betty se retient de parler, plus encore sous l'effet pervers de la curiosité que par respect pour son aîné hiérarchique.

Je reprends donc ma logique à son début, réaffirmant qu'il est illusoire d'attaquer de front le criminel dont nous cernons enfin l'identité, tant ses rapports particuliers avec Lord Alderson lui offrent un indéformable bouclier d'alibis. Nous n'avons pas affaire à un meurtrier comme les autres, car James semble avoir sur son maître une emprise en tout point exceptionnelle, sinon dans les secrets opaques de rapports homosexuels, du moins sous la tenaille psychologique de la honte que le scandale peut à tout moment raviver. De plus, et pour les même raisons, il ne faut plus compter sur la coopération de Lord Alderson dans l'arrestation immédiate de son homme de confiance, bien qu'il soit hors de question d'attendre la mort d'Harold Gaffney, puis l'héritage imposant qui s'ensuivra, pour capturer James dans le flagrant délit de son ultime manœuvre.

Ainsi, notre liberté se trouvant rétrécie comme l'entrée d'un port de pêche sous le gros temps d'une tempête océane, la seule stratégie possible est celle du chasseur de tigre africain. Obliger le fauve à sortir du secret de sa jungle en lui sacrifiant une proie facile et délibérément choisie par nos soins. Puisque nous sommes condamnés à la politique du flagrant délit, il suffit de l'inventer de toutes pièces, en faisant croire au maître comme au valet qu'un nouveau testament ajoute un héritier de dernière heure, ultime remplaçant pour combler le vide que les morts de Rosemary et du cousin Edward ont si brutalement entraîné. Après tout, il est pour le moins plausible que l'oncle Harold utilise son sursis forcé pour tenir compte des événements tragiques qui le privent de deux héritiers sur trois.

Le plan est dès lors tracé d'avance, construit tout exprès comme la potence trois fois méritée par le traître du manoir, et le reste de la matinée se voit consacré aux multiples détails pratiques que j'expose à ma collègue, puis que je rectifie au gré des précieuses remarques qu'elle me fait entre maintes félicitations anticipées sur le fruit de ma réflexion nocturne. Il est essentiel que le nouvel héritier puisse paraître authentique, maquillage que Betty décide de parfaire en se promettant d'aller au plus tôt chez Maître Page, afin de le persuader d'adresser un courrier en bonne et due forme à Lord Alderson. Nous sommes certains qu'une telle missive, dûment postée sous pli recommandé et confidentiel à l'en-tête du notaire de Mapletown, ne pourra manquer d'attirer l'attention de James sur l'intérêt de son contenu, ne serait-ce qu'à travers les confidences intimes du maître si sournoisement respecté. Quant à l'héritier imaginaire du piège, il suffit de le décrire comme un quelconque filleul et cousin de l'oncle fortuné et de faire coïncider son domicile avec l'adresse commode d'un indicateur de police en congé, dont la villa banlieusarde sera surveillée jour et nuit par nos services.

Faisant fi de la pesanteur dont mes paupières sont accablées, j'insiste pour accompagner Betty chez Maître Page, tant je pressens maintes raisons de craindre que ce dernier soit difficile à persuader. Pourtant, les prétentions de mon intuition masculine sont démenties dès notre arrivée, car le petit homme de loi nous accueille avec un empressement bien compréhensible. Maître Page, dont la graisse semble étouffer dans un costume trois pièces qui risque l'éclatement au moindre mouvement, nous confie toute l'ampleur de son désarroi, d'une voix rendue ridiculement nasillarde par les étroits binocles qui pincent son nez charnu.

Il se plaint de voir son paisible métier ainsi troublé par les événements dramatiques qui ont ponctué notre enquête et perturbé l'ordre des successions dont il a la charge, tant il lui paraît indécent qu'un sujet de Sa Majesté puisse mourir avant d'avoir réalisé tous les héritages auxquels sa condition lui donne droit. En apprenant que l'assassin nous est connu, et plus encore, que Lord Alderson est sa prochaine victime, l'homme de loi nous offre une confiance sans limite et s'active dans une collaboration d'autant plus sincère qu'elle protège à la fois l'espèce raréfiée des héritiers et la réputation de son étude.

Cette rare connivence entre nos intérêts permet de dissiper les derniers scrupules qui embarrassent le notaire, et nous pouvons ainsi préparer la capture de notre premier meurtrier à travers le tissage élaboré d'un filet qui n'a rien de moins subtil que les toiles d'araignées d'un certain vivarium. En nous quittant après une longue mise au point qui sacrifie la respiration de Betty aux volutes bleutées du cigare notarial, Maître Page nous assure que Lord Alderson recevra son courrier dès le lendemain, avant de nous gratifier d'une double poignée de mains potelées et transpirantes.

Le délai de la poste nous laisse juste assez de temps pour peaufiner notre piège et organiser la surveillance du cottage discret qui nous sert d'appât. Connaissant les habitudes nocturnes de notre gibier, nous décidons d'assurer la surveillance de nuit en confiant la journée à d'autres collègues, afin de savourer ensemble le dessert dont nous venons de concocter la recette inédite. Enfin, il faut s'installer dans une attente qui ne peut être interminable que dans nos esprits impatients, tant James se doit d'agir avant le dernier soupir de l'oncle à héritage.

La première nuit qui suit la réception du fameux courrier par Lord Alderson est désespérément longue et vaine. Embusqués dans notre voiture à bonne distance du seul accès possible qu'offre la villa piégée, nous devons tuer le temps en futilités interminables, tandis que je supporte stoïquement le silence meublé d'une intarissable Betty Beetle. Elle se croit sans doute obligée de parler du temps, au demeurant humide et brumeux, pour éviter le sujet plus sérieux que je brûle plus que jamais d'aborder. Pourtant, le calme qui encercle notre intimité me semble curieusement plus propice aux confessions sentimentales qu'aux extrapolations météorologiques. Qu'importe ! Betty n'a cure de ma visible impatience et profite nonchalamment du trouble que me cause ce délicieux supplice, lisant mes pensées à ciel ouvert sans abandonner le moindre soupçon d'aveu à la victime de son irrésistible rayonnement. Non, décidément, il est encore trop tôt pour insister, et puisque les aveux de James doivent à tout prix précéder les miens, il vaut mieux parler d'autre chose. Aussi, lorsqu'au bout de quelques heures l'inspiration de Betty semble tarir pour son plus grand désarroi, je décide de prendre le relais afin d'éviter un silence que le sujet encore tabou rendrait insupportable.

Je me surprends ainsi à proposer tour à tour un concours d'humour du meilleur goût, suivi d'un assortiment de charades et autres devinettes dignes d'une pension religieuse, pour finir par un stupide examen de géographie sur la mappemonde de mon agenda. Loin de trouver ces digressions ennuyeuses, Betty se sent soulagée de se voir secourue dans sa lutte contre la montre, et ne peut cacher une certaine estime, en voyant combien je respecte docilement ses exigences. Aux heures pastel et incertaines de l'aube, notre premier affût vient de se terminer en vain, tandis que cette camaraderie de collégiens nous a plus solidement rapprochés que le choc éphémère d'un coup de foudre à épisodes. Sans un seul mot prononcé à cet effet, je viens de prendre ma troisième leçon de psychologie appliquée, et comprends enfin que l'Amitié est à l'Amour ce que les fondations sont au dernier étage.

Quelque quinze heures plus tard, il faut entamer notre deuxième tour de garde. Pourtant, tout nous semble étrangement différent, tant nous avons la certitude que James ne peut plus attendre pour agir. Certes, la tension du sprint final s'est alliée aux bruits de la cité pour troubler le repos que nous avons dû prendre pendant la journée, et la fatigue inassouvie exacerbe plus que jamais notre impatience. De plus, contrairement à la veille, la nuit nouvelle s'annonce d'une rare beauté, sous l'effet d'une lune si pleine et lumineuse qu'elle semble sur le point d'enfanter de nouvelles étoiles. Malheureusement, nous ne pouvons en savoir toute la poésie, tant l'appréhension de ce qui doit inéluctablement se produire nous paralyse d'émotion à quelques mètres du terme de notre enquête. Nous nous sentons si près de la récompense de nos efforts que nous en perdons le goût de plaisanter pour ignorer les heures qui défilent au tableau de bord, tant il est vrai que l'imminence de l'arrestation réveille soudain les fantômes du doute ou de l'erreur de dernière minute.

La scène nocturne qui doit se jouer dans cette paisible impasse de la banlieue ouest a quelque chose de surréaliste ou de fantastique à travers le scénario incomplet qu'elle nous offre. Car enfin, s'il est vrai que nous avons tout prévu pour attirer le triple assassin sur l'autel du flagrant délit, ce dernier a également son mot à dire dans sa propre capture, et rien ne permet de deviner sa réaction, d'autant plus que lui-même ignore tout de son étrange destin. Ainsi, l'instant le plus crucial de notre carrière commune va se jouer cette nuit au Théâtre de l'Impondérable, dont l'unique représentation programmée à une heure indue, sans aucun spectateur, doit mettre en scène deux acteurs préparés contre un troisième dont la surprise garantit les répliques imprévisibles que dicte la peur du gendarme.

Je soupire en devançant le clocher qui égrène notre attente en demi-heures interminables.
- "Bientôt deux heures de planque, et toujours personne au rendez-vous ! C'est quand même curieux !"
- "Allons, Donald ! Soyez patient ! Vous savez bien que James ne peut plus attendre pour agir, selon vos propres déductions."
- "Et si mes déductions étaient fausses ou incomplètes ?"
- "Mon Dieu ! Quel pessimisme ! Je ne vous croyais pas si fragile !"

- "Vous confondez fragilité et impatience. Moi, je suis comme tous les hommes d'action : je déteste attendre."
- "Pourtant, je croyais vous avoir appris l'importance du temps, en matière de psychologie…"
- "Je veux bien être patient quand l'enjeu en vaut la peine, Betty ! Mais un meurtrier qui a le culot de se faire attendre de la sorte, vous avouerez que c'est un peu fort ! Tenez, je vous parie une bouteille de champagne qu'il ne viendra pas cette nuit !"
- "Pari tenu, Inspecteur ! Je suis sûre du contraire. Et vous savez ce qu'on dit de l'intui… attention ! Ecoutez !..."
- "Quoi ? Ce bruit de moteur ?... C'est tout sauf le bruit d'une moto, rassurez-vous !... Tenez ! Qu'est-ce que je disais ! Une Mercedes en plus ! Comme camouflage, il y a plus discret !"

Nous sommes idéalement placés pour observer l'ensemble de l'impasse depuis notre alcôve de verdure, et la voiture en question semble ralentir au fil des derniers mètres qui la font grossir à vue d'œil, tandis que toutes les étoiles se fixent sur le vernis d'une peinture sombre que notre fébrilité rend plus mystérieuse encore.

- "Au fait, nous ne connaissons pas la voiture de Lord Alderson…" s'étonne Betty d'une voix enrouée par l'émotion.
- "C'est ma foi vrai, mais… attendez ! Non ! Apparemment, c'est un voisin…"

La Mercedes vient de virer sur la gauche, dans le crissement rassurant d'une allée de graviers, perdant aussitôt toute la valeur ajoutée que nous craignions devoir lui attacher malgré nous. Mais tandis que le portail de son garage se referme lentement

169

sur le rouge agressif de ses freins, obéissant à la magie muette d'une télécommande, un nouveau bruit nettement moins discret semble réveiller le quartier au-delà de notre impasse, rendu plus inquiétant encore parce qu'un clocher jaloux essaie par deux fois de le réduire au silence.

- "Voilà qui est beaucoup plus intéressant !" dis-je pour mieux aiguiser les regards que nous fixons au coin de la rue.
- "C'est une moto, n'est-ce pas ?"
- "Je suppose... En tout cas, c'est trop bruyant pour être une voiture..."
- "Donald ! La lumière jaune !" tressaille-t-elle tandis que la lueur tant attendue annonce enfin la source du bruit. "Je crois bien que j'ai gagné mon... Mais ?"
- "Ça par exemple !"
- "Deux phares, Donald ! Il y a deux phares !"
- "C'est un de trop pour moi ! Je n'y comprends plus rien !"

La voiture s'arrête au coin de la rue, laissant la nuit reprendre ses droits en même temps qu'un silence étrangement troublé par les battements de nos cœurs. Retenant malgré nous notre respiration, nous en voyons descendre le conducteur, dont la corpulence ne correspond visiblement pas à la carrure du serviteur de Lord Alderson.

- "Si ce n'est pas James, c'est..."
- "C'est apparemment Christopher !"
- "En tout cas, la voiture est une 2CV fourgonnette. Que faut-il faire ?"
- "Je vais descendre pour l'interpeller. Vous allumerez les phares quand je vous ferai signe."
- "Méfiez-vous, Donald. Il est peut-être armé."

L'attention est touchante, mais le conseil est vain face au danger direct que je dois désormais braver devant ma dame de cœur.

Accroupi contre une portière que je n'ai pas osé refermer, j'observe l'homme qui s'approche à pas réguliers, et qui semble visiblement chercher une adresse, jusqu'à l'instant fatidique où il s'arrête devant notre appât. Il semble hésiter quelque peu en prenant soin de regarder autour de lui, comme s'il recherchait une présence indésirable. Puis il considère la villa jusqu'au faîte de sa toiture avant de marcher en direction du garage. Il est temps d'agir, et je fais signe à Betty au moment précis où la silhouette touche à son but.

- "Halte-là mon gaillard ! Et les mains sur la tête !" dois-je crier tandis que Christopher se retourne, soudain aveuglé et paralysé de surprise comme une gazelle sous le projecteur d'un chasseur motorisé.
- "Q... Qui est là ?"

En balbutiant ces mots, Christopher semble chercher à fuir au profit de l'obscurité environnante. Mais il a tôt fait de réaliser à quel point notre piège est parfait, tandis que j'insiste pour l'en dissuader.

- "Surtout pas un geste Christopher ! Vous êtes cerné !"
- "Ah ! Mais, c'est... C'est la police !" fait-il, bizarrement soulagé de nous reconnaître enfin.

Il obtempère aussitôt et m'attend dans la position inconfortable d'un Gaulois que le ciel menacerait d'écraser, ce dont je profite pour m'approcher sans risque.

- "Alors, Monsieur Christopher ! Peut-on savoir ce que vous faites ici ?"
- "Mais, je... j'allais vous poser la même question, Inspecteur. Qu'est-ce que vous me voulez ?"

- "Alors là, mon petit gars, vous allez un peu trop loin. Vous êtes sans doute un bon comédien, mais vous êtes ici en tant que criminel, et c'est pourquoi je vous arrête."
- "Quoi ? Qu'est-ce que vous racontez ?" rétorque-t-il sur le ton contrarié d'un promeneur que l'on dérangerait en pleine méditation. "Pour qui me prenez-vous, à la fin ?"
- "La ferme ! Ici, c'est moi qui pose les questions ! J'ignore comment vous nous avez trompés jusqu'à maintenant, mais du moment que vous êtes à notre rendez-vous, c'est l'essentiel, n'est-ce pas, Betty ? Tenez, passez lui donc les menottes, voulez-vous ?"
- "Ah bon, le télégramme, c'était vous ?"
- "Pardon ? Quel télégramme ?"
- "Celui-ci, pardi !"

Christopher sort un papier froissé de sa poche revolver et nous le tend en ajoutant une précision qui finit de nous atterrer.

- "Vous m'excuserez, mais malgré votre consigne, je ne l'ai pas déchiré, simplement par oubli."

Nous lisons le mystérieux message avec avidité, en l'orientant de notre mieux à la lumière de l'Allegro.

- "Merde et merde et merde et merde !"

De rage, je répète stupidement le mot inutile en me frappant la main droite du poing gauche, tandis que Betty ne peut s'empêcher de relire le télégramme à haute voix pour mieux comprendre la supercherie.

- "Quoi ? C'est pas vous qui m'avez envoyé ça ?"

- "Bien sûr que non ! C'est James qui vous a fait venir ici, mais c'était lui que nous attendions !"
- "James ?"
- "Oui. Nous savons que c'est lui le meurtrier, et nous voulions lui tendre un piège sans qu'il puisse manipuler votre père pour en réchapper. Et c'est lui qui nous a tous bernés !"
- "Preuve qu'il a flairé notre piège, en tout cas !"
- "Oui, Betty. L'animal est encore plus dangereux que je ne le croyais !"
- "Et ça veut dire qu'en plus il connaît mon adresse !" renchérit Christopher pour se joindre à nos lamentations.

Nous respectons malgré nous une minute de silence pour reprendre possession de nos esprits déroutés, avant que Christopher ne s'intéresse à l'étrange rôle que James lui a attribué.

- "Mais pourquoi m'a-t-il fait venir ici ? Il aurait pu se contenter de vous poser un lapin…"
- "Visiblement, il veut vous faire accuser à sa place, en espérant que la police commette une erreur judiciaire. C'est pour ça qu'il insistait pour que vous détruisiez le télégramme."
- "Si je comprends bien, il ignore que nous nous connaissons déjà, n'est-ce pas ?"
- "Certainement, Christopher. Il devait même espérer une fuite de votre part, ce qui aurait fini de nous persuader de votre culpabilité."
- "Qui sait s'il n'espérait pas aussi un accident mortel !" murmure Betty en frissonnant de peur rétrospective.
- "Le plus terrible, c'est que tout est à reprendre à zéro ! Et j'ai bien peur que nous ayons utilisé nos dernières cartouches !"

- "Allons, Donald ! Nous ne pouvons pas en rester là : proposez-nous quelque chose !"
- "Soit. Que diriez-vous d'une petite collation au buffet de la gare ? C'est le seul endroit ouvert à cette heure-ci."
- "Bonne idée. Toutes ces émotions m'ont donné faim et soif. Pas vous, Christopher ?"
- "C'est-à-dire que... on m'attend à Croydon, et..."
- "Et dans les circonstances actuelles, c'est ici qu'on a besoin de vous. C'est une question de vie ou de mort. "
- "Oh ! La vie de James, je m'en fous !"
- "Mais c'est de votre père qu'il s'agit, Christopher !" insiste mon Sergent d'une voix devenue plus persuasive que jamais. "Venez, vous pourrez téléphoner de la gare pour tranquilliser vos amis."
- "Et c'est la police qui vous offre ce petit réveillon !" dis-je en retrouvant enfin le gouvernail de mon enquête. "Vous voyez, nous aussi nous pouvons offrir des buffets improvisés après le spectacle !"

C'est ainsi que dix minutes plus tard, on voit arriver sur le parking de la gare une 2CV fantomatique conduite à la manière d'un taxi parisien, suivie d'une voiture de police que l'on dirait à sa poursuite. Quelle n'est pas la surprise des quelques insomniaques du buffet panoramique au moment où ils voient les trois protagonistes de l'arrestation manquée s'attabler dans une bonne entente indigne de la différence entre leurs accoutrements. Il est vrai que les sueurs froides que nous venons de partager ont largement contribué à rapprocher nos deux mondes dans une harmonie triangulaire que conforte plus encore un plateau garni de sandwichs, de gâteaux et de boissons chaudes aux vertus bienfaisantes.

En mastiquant religieusement une mie qui ne date pas de la veille, nous nous observons machinalement, histoire de poser les yeux sur les mouvements rassurants d'un visage rassasié, buvant de temps à autre une gorgée brûlante et lubrifiante de chocolat chaud qui seule permet d'avaler la sécheresse de notre menu. Mais les regards me font bientôt comprendre qu'il me revient de résumer la situation, voire de suggérer une contre-attaque.

- "Bon. Puisque la balle est à nouveau dans notre camp, il faut commencer par clarifier les événements."
- "Je n'en attendais pas moins de vous, Donald." approuve Betty la bouche pleine, en m'encourageant d'un sourire sournois.
- "Voyons. L'assassin s'est débrouillé pour éviter notre piège et nous faire croire à la culpabilité de Christopher. Oui... bon... cela veut donc dire qu'il nous croit capable de soupçonner Christopher."
- "Evidemment, Donald. C'est d'ailleurs ce qu'on lui a laissé entendre lors de notre dernière visite au manoir."
- "Merci pour moi !" gémit notre invité en sucrant pour la troisième fois son chocolat.
- "Rassurez-vous, Chris, c'était une manœuvre. Or, justement, James semble croire que nous cherchons de votre côté... Et, par ailleurs, il sait où vous joindre, mais il ignore que nous nous sommes déjà rencontrés, n'est-ce pas ?"
- "Oui, Donald. Et alors, où voulez-vous en venir ?"
- "Alors, il nous manque des précisions que seul Christopher peut nous apporter."
- "Vous savez, je ne me sens pas du tout concerné par votre enquête, et je ne vois pas comment je pourrais..."
- "Si, Christopher ! Depuis le début de cette affaire, Betty et moi avons la certitude que les trois meurtres de ces derniers temps sont la conséquence de faits passés que

l'on veut stupidement garder secrets. Vous voyez ce que je veux dire ?"

Je fixe le jeune homme dans l'attitude réceptive d'un confident tandis qu'il s'immobilise déjà en pleine mastication et Betty vient à mon secours en désespoir de cause.

- "Il faut nous comprendre, Christopher. On nous demande d'enquêter sans nous accorder toutes les données du problème. Autant demander à un pêcheur d'attraper un requin sans filet ni canne à pêche !"

Hélas, Christopher retrouve la raideur que nous redoutions tant, puis repousse son assiette en grimaçant d'un sourire nerveux.

- "En somme, votre buffet n'est pas gratuit !"
- "C'est faux, Christopher ! Demandez à Betty. Quand aurions-nous prévu de vous interroger, puisque c'est James que nous attendions ? Non, croyez-moi, il faut tout nous dire… Je comprends que vous en vouliez à votre père, mais il est faible, et c'est justement James qui semble le tenir dans un étau. Je ne vous demande pas de retourner vivre au manoir. Je vous demande seulement de nous aider à capturer James avant que votre père ne soit sa dernière victime. Vous ne pouvez pas nous refuser ça !"
- "Allons, s'il vous plaît comprenez-nous, Christopher. Vous ne souhaitez tout de même pas que ce monstre s'en tire à si bon compte !"

Sans doute ébranlé par les moments intenses que cette nuit blanche lui a réservés, Christopher semble enfin vaciller sous les tirs croisés de nos insistances conjuguées. Il faut à tout prix donner le coup de grâce à la porte trop longtemps fermée de l'inoubliable secret, ce que fait Betty sans même s'en rendre compte.

- "D'ailleurs, si ça se trouve, James a peut-être commis d'autres crimes par le passé, odieux comme il est !"

C'en est trop pour l'âme sensible de l'orphelin qui ferme les yeux pour éviter de pleurer, puis pose ses deux coudes sur la table en secouant un visage livide entre ses longues mains tremblantes.

- "Non !... Le salaud... le salaud ! J'aurais dû le tuer depuis longtemps..."
- "De quoi parlez-vous, Chris ?"

Il relève vers nous des yeux bleus gonflés de larmes, incapable de maîtriser le rictus qui déforme sa bouche au gré des spasmes d'une mémoire ulcérée d'avoir à se révéler enfin au grand jour. L'émotion de notre jeune interlocuteur nous gagne d'autant plus profondément qu'elle réveille en nous les heures les plus douloureuses de notre courte expérience policière. Mais il faut aider Christopher à formuler l'insoutenable vérité qui l'étouffe littéralement sous nos yeux.

- "Vous voulez parler de la disparition de votre mère, n'est-ce pas ?"

Un hochement de tête affirmatif me répond.

- "Vous voulez dire qu'elle n'est peut-être pas morte par accident ?"

La même réponse muette me permet de continuer.

177

- "Ecoutez, Christopher. Voilà ce que nous savons. ça devrait vous aider à nous dire le reste. Nous avons entendu parler des deux "J", ou des "Jamoureux". Y a-t-il un lien avec le décès de votre mère ?"
- "Oui !" avoue-t-il dans un effort pour retrouver enfin l'usage de la parole.
- "Bon. Mary von Knaben a trouvé la mort lors d'une partie de chasse, n'est-ce pas ?"
- "Oui. ça c'est vrai. Mais les circonstances de l'explication officielle sont fausses."
- "Au point où nous en sommes, ce n'est pas une surprise. Quelle est donc la thèse officielle exactement ?"
- "Officiellement, ma mère est morte parce que son cheval s'est soi-disant emballé et l'aurait désarçonnée alors qu'elle passait près d'un gros rocher, le rocher de Mallow, sur les terres du comte de Brentwood."
- "Et apparemment, vous connaissez une autre thèse, si j'ai bien compris."
- "Oui. La vérité, je l'ai découverte plus tard. Un ami de la famille a tenu à tout me raconter. Il était dans cette partie du domaine au moment du crime, et il a tout vu."
- "C'est-à-dire ?"
- "Il a vu James et ma mère se battre, elle à cheval, et lui à pied. Et c'est James qui a désarçonné ma mère en blessant Prince. Et quand elle est tombée, la tête sur le rocher, James s'est enfui et n'est revenu que beaucoup plus tard, après mon père et plusieurs autres personnes."
- "Pourquoi n'a-t-on pas établi cette vérité lors de l'enquête ?"
- "Le seul témoin du meurtre est mort d'une méningite trois semaines plus tard. Il ne faisait pas confiance à la police, et m'a tout confié in extremis sur son lit de mort. Je ne pouvais plus rien faire pour venger ma mère. Et

mon père protégeait James pour les raisons que vous savez... alors je me suis enfui."

- "Dites-moi : est-ce que votre père connaît ce témoignage ?"

- "Non. Il n'a jamais su que James a tué ma mère. Il a toujours cru que James était arrivé plus tard, bien après les autres."

- "Vous êtes certain que le témoin n'a rien dit à votre père ?"

- "Absolument sûr. Il était écoeuré du scandale que causait mon père avec James, et je suis le seul à qui il ait confié ce témoignage, vous pouvez me croire."

- "Dans ce cas, mes amis, nous tenons enfin une arme digne de notre assassin !"

- "Expliquez-vous plus clairement, Donald. Qu'est-ce que vous comptez faire de ce renseignement ?"

- "Voyons, Betty. C'est pourtant limpide ! Nous pouvons enfin séparer le couple infernal des "Jamoureux", et libérer Lord Alderson de la tutelle de ce monstre."

- "Vous voulez dévoiler cette vérité et tout dire au Lord ? Sans vouloir me vanter, c'est ce que je préconise depuis longtemps."

- "C'est vrai. Mais ne croyez pas que je vais interroger James en l'accusant de front. Il aurait encore trop de ressources pour se défendre. N'a-t-il pas démontré cette nuit à quel point il est malin ?"

- "Mais, Donald, comment Lord Alderson pourrait-il vous croire puisque le seul témoin du faux accident de chasse est mort ? Vous n'avez pas plus de preuve que Christopher, ce qui veut dire que James restera toujours impuni pour le meurtre de Mary von Knaben."

- "C'est possible, Betty. Mais si Lord Alderson ignore effectivement ce détail, cela peut suffire à confondre son serviteur."

179

- "Evidemment. Encore faudrait-il pouvoir avertir le Lord ou forcer James à se trahir. Et je vois mal comment faire ça sans risquer une accusation directe !"
- "Eh bien, pour une fois, vous manquez d'imagination, ma chère collègue ! Il suffit d'utiliser les armes de notre adversaire et de lui donner raison une toute dernière fois. Christopher, puis-je vous demander de rester dans l'ombre pendant, disons… trois jours ?"
- "Dans l'ombre ?"
- "Oui. Du moins, de ne plus retourner chez Freddy Marlow."
- "Ok. Mais pourquoi ?"
- "Parce que votre arrestation est ratée. Vous êtes en fuite, et nous vous recherchons désormais activement. Compris ?"
- "D'accord. Je vois ce que vous voulez dire."
- "Mais comment ameuterez-vous les gens du manoir, Donald ?" questionne une Betty frustrée de ne rien comprendre à mon plan.
- "Je vous l'ai déjà dit : avec les propres armes de l'assassin. Après tout, de quel droit James aurait-il l'exclusivité des lettres anonymes ?"

# X

Au lendemain de l'étrange conversation qui nous a valu d'accepter la compagnie d'un faux meurtrier, nous rendons visite à Lord Alderson, en prenant soin de nous annoncer, afin que nul ne doute que nous avons de nouvelles révélations à faire. N'ayant visiblement compris que la moitié de ma stratégie, Betty m'en veut de lui cacher le reste et fait feu de tous ses charmes pour essayer de me faire parler. Mais je suis trop heureux de pouvoir enfin la faire souffrir d'impatience en affectant l'indifférence qu'elle m'oppose sur d'autres plans depuis notre première rencontre. En me voyant m'isoler pour écrire, puis partir pour la poste d'un pas résolu, elle a subodoré l'essentiel quant au moyen que j'ai décidé d'utiliser. Mais son ignorance des détails la fait brûler de curiosité et de jalousie à mon égard, au point que je dois lui promettre de lui confier ces derniers si notre visite s'accomplit aussi parfaitement que je l'espère. C'est assez dire avec quelle attention elle suit mes pas, interprétant les moindres attitudes de son chef, jusqu'à se surprendre à admirer peu à peu une intelligence que je m'évertue à rendre désespérément énigmatique. Elle va même jusqu'à croire que je fais durer un plaisir malsain en attendant la fin de la matinée pour nous rendre au manoir, alors qu'il faut tout simplement faire coïncider notre entrevue avec l'arrivée du courrier.

- "Eh bien, Inspecteur. Dois-je comprendre qu'il y a du nouveau ou que le suicide de Spencer ne fait enfin plus aucun doute." s'enquiert notre hôte tandis que James nous sert un jus de fruit désaltérant dans le confort rouge et or du salon d'honneur.
- "Malheureusement, Monsieur, il y a du nouveau. Au point que le meurtre de votre cousin est désormais certain."

Le noble sourcil se fronce en point d'interrogation, révélant la surprise totale de notre protégé.

- "Vous êtes sûr de ce que vous avancez ?"
- "Hélas oui, Monsieur… merci James… et cela veut dire que vous êtes toujours en danger de mort."
- "Pourtant, tout est parfaitement calme depuis la mort de Spencer." dit-il en s'accrochant au apparences. "Si ce que vous dites était vrai, je recevrais d'autres menaces…"
- "Pas forcément. Je dirais même, au contraire. Jusqu'à présent, l'assassin avait tout intérêt à endormir votre prudence par un silence absolu… merci James, un glaçon seulement. Tandis que maintenant, il risque fort de passer à l'action."
- "Mais… ? Comment le savez-vous ?"
- "C'est que… nous… nous l'avons en quelque sorte… repéré."
- "Vous… vous voulez dire que vous savez qui est l'assassin ?"
- "Exactement."

En respectant un silence que Betty met à profit pour observer discrètement James, je poursuis ma manœuvre malgré les risques qu'elle nous fait prendre.

- "Nous avons enfin identifié le corbeau, qui est aussi le responsable des trois meurtres que nous n'avons pas su éviter."
- "Eh bien, Inspecteur... dites-moi qui ! Ce suspense est ridicule !"
- "Etes-vous prêt à tout entendre, Monsieur ?" fais-je afin de préparer le cœur affaibli d'un homme qui a déjà trop souffert.
- "Que voulez-vous dire ? Ce... ce n'est tout de même pas..."
- "Si Monsieur. C'est Christopher, votre propre fils !"

Le Lord a un rictus curieusement semblable à celui que son fils n'a pu maîtriser la veille, puis il se ressaisit et ferme les yeux en inspirant longuement avant d'abandonner le soupir libérateur qui nous permet de continuer sans laisser au choc le temps de faire son effet.

- "A vrai dire, nous avions tout préparé pour le capturer, car nous avions compris que l'héritage de l'oncle Harold intéressait le meurtrier. Nous avons simplement fait croire à l'existence d'un nouvel héritier et nous avons surveillé sa villa dans l'espoir d'attirer le coupable."
- "C'est le courrier que Maître Page m'a adressé ?"
- "C'est cela. Il fallait que tout le monde en soit averti en bonne et due forme pour que notre supercherie soit vraiment prise au sérieux. Malheureusement, hier, Christopher nous a échappé de justesse au moment de

son arrestation, preuve on ne peut plus éclatante de sa culpabilité."

- "Mais… mais comment a-t-il su ? Et comment a-t-il pu faire cela ?"
- "Je l'ignore, Monsieur. Mais sa présence à notre rendez-vous prouve qu'il est au courant de tout. Et la plupart des indices que nous avons collectionnés l'accusent directement y compris ceux qu'il a pu inventer pour vous faire croire au suicide du meurtrier !"

Le père de la honte secoue un visage abattu en fixant un tapis surchargé d'arabesques.

- "Mon Dieu ! Vous ne pouviez pas me faire plus de mal, Inspecteur ! J'aurais préféré ignorer cette… cette horrible vérité."
- "Je comprends très bien, Monsieur. Et croyez bien que j'admire votre courage en un pareil moment. Mais je ne fais que mon devoir, et vous dire la vérité est le seul moyen de vous protéger. Car il serait étonnant que votre fils reste longtemps sans agir, puisqu'il se sait démasqué."

Enfin la sonnerie que je désespère d'entendre retentit depuis le hall d'entrée.

James revient quelques instants plus tard portant plusieurs lettres, journaux et prospectus que le Lord saisit machinalement.

- "C'est le courrier de Monsieur."
- "Merci, James. Mais je n'ai pas le cœur à lire ces niaiseries aujourd'hui !"

L'espace d'un instant, je crains le pire, car cette réaction pourtant prévisible pourrait tout faire échouer sous nos yeux. Mais le geste de dépit qui l'accompagne vient d'étaler le courrier en question au beau milieu de la table basse qui nous sépare. Je vois le Lord parcourir malgré lui l'éventail documentaire, puis se crisper en reconnaissant sans peine l'adresse inégale d'un collage anonyme.

- "Mon Dieu ! Vous avez raison : regardez !"

Il saisit la lettre avec fébrilité, tandis que James essaie de camoufler son émoi en une sollicitude de façade, tant il est curieux au point d'aider son maître à déchirer l'enveloppe qui refuse de s'ouvrir.

- "Eh bien, Monsieur ? De quoi s'agit-il ? Est-ce une autre menace ?"
- "Oui, Inspecteur, et dans le même style que les précédentes... écoutez plutôt :"

"Fais tes prières, vieux faisan,
W. a tout vu au Rocher de Mallow.
Dans deux jours tu sauras tout,
Et tu pourras crever de honte."

Le silence qui suit cette courte lecture est unanime, quoique nous ayons chacun des raisons très différentes de le respecter. Le Lord, bouleversé, ne comprend rien aux allusions de l'étrange message, tandis que James saisit instantanément la soudaine fragilité de sa situation, au point de pâlir malgré les efforts intenses qu'il fait pour n'en rien montrer. Enfin Betty me regarde, interloquée et passablement admirative devant le coup de poker que je viens de jouer. Passé maître de l'atout dans l'étrange partie

185

de cartes que nous jouons par la force des choses, j'en profite pour enfoncer le clou et dicter enfin mes volontés policières.

- "Comment comprenez-vous ce nouveau message ?"
- "Je... je serais bien en peine de vous le dire..."
- "Pourtant, il y a une allusion directe au décès de votre femme, n'est-ce pas ?"
- "Oui, en effet..."
- "Est-ce que cela veut dire que Mary von Knaben serait morte dans des conditions que vous ignorez ?"
- "Je ne sais pas. Je vous ai pourtant expliqué comment ma femme est morte par accident."
- "C'est curieux ! Il doit y avoir un détail qui vous échappe. Pourriez-vous nous rappeler les circonstances de sa mort ?"
- "Eh bien... Je crois vous l'avoir déjà dit. Elle... elle chevauchait toute seule, un peu à l'écart des chasseurs, et son cheval s'est emballé, jusqu'au moment où elle a fait cette chute mortelle."
- "Au lieu dit le Rocher de Mallow ?"
- "Oui. C'est justement l'endroit où je l'ai retrouvée, quelques minutes après l'accident. J'étais d'ailleurs à sa recherche, et je suis arrivé le premier sur le lieu du drame."
- "En êtes-vous tout à fait certain ?"
- "Oui, enfin... je l'ai toujours cru, puisqu'il n'y avait personne d'autre que Mary quand je suis arrivé."
- "Eh bien, apparemment, votre fils en sait beaucoup plus long sur cette mort, et on dirait qu'il tient à tout vous raconter avant de... passer à l'action. Au fait, qui est ce W. de la deuxième ligne."
- "Je l'ignore, malheureusement. Il faut croire que c'est le témoin du drame. Sinon, comment mon fils aurait-il

appris tous ces détails, puisqu'il ne venait jamais avec nous aux parties de chasses ?"
- "Tiens, tiens ! On dirait que tout s'éclaire enfin !"
- "Que voulez-vous dire ?"
- "Eh bien, tout semble tenir debout, pour une fois : votre fils a décidé de commettre tous ces crimes pour supprimer toute une famille qu'il déteste et s'approprier la somme des héritages, et tout cela dans le noble but de venger sa mère."
- "Venger Mary ?"
- "Oui. Parce qu'elle n'est certainement pas morte par accident, Monsieur. Et votre fils a tout simplement cru que vous étiez responsable de sa mort, ce qui explique pourquoi il vous déteste au point de vouloir vous supprimer comme les autres ! Que pensez-vous de cette explication ?"
- "Mais, c'est... c'est une horrible méprise ! Vous vous rendez compte, Inspecteur ?"
- "Oui, hélas ! Il faut souvent bien peu de choses pour faire dérailler un esprit droit dans la pire des monstruosités. D'où l'utilité de la police."
- "Et que pouvez-vous faire à présent ?"
- "Il faut à tout prix capturer Christopher avant qu'il ne vous rajoute au nombre de ses victimes. Nous venions précisément vous demander de redoubler de prudence, mais je crois que le conseil est désormais superflu depuis l'arrivée du facteur."
- "En effet !"
- "Cela dit, il nous faudra sans doute plus de quarante huit heures pour retrouver sa trace, et d'ici là, vous saurez sûrement comment votre femme est morte, ainsi que le nom de celui qui l'a tuée."
- "Vous croyez ?"

- "Bien sûr, Monsieur. Puisque votre fils a envie de tout vous raconter. C'est une piètre consolation, il est vrai…"
- "A qui le dites-vous ! Si seulement il avait su que j'ignorais tout de cette mort !"
- "Il est hélas trop tard pour changer le cours des choses. Allons, Betty, il est temps de mettre les bouchées doubles pour prendre Christopher de vitesse d'ici deux jours. En attendant, Monsieur, restez très prudent, et évitez à tout prix de quitter le manoir. A bientôt."
- "Comptez sur moi, Monsieur Flag. James, veuillez raccompagner Monsieur l'Inspecteur et Mademoiselle."
- "Non merci, ce n'est pas la peine. Nous connaissons le chemin. Au contraire, James, restez près de votre maître pour mieux le protéger."
- "Comme Monsieur l'Inspecteur voudra."
- "Ah ! J'oubliais. Puis-je emporter cette lettre pour la joindre au dossier ?"
- "Naturellement, Inspecteur. Tenez !… Celle-là, au moins, n'est plus une lettre anonyme !"

Il ne croit pas si bien dire, et les sensations qui m'envahissent alors que je regagne l'Austin en charmante compagnie ont quelque chose d'aussi grisant que les frissons amoureux bientôt garantis par la capture de notre premier monstre. Betty n'en revient pas, et cherche longuement des mots assez forts pour exprimer la plus précieuse des admirations.

- "Je suis fière de vous, Donald, comme si j'étais votre propre mère !"
- "Allons, Betty ! Ne compliquons pas les choses. J'ai déjà du mal à vous séduire, mais si en plus vous me demandez un inceste, j'abandonne !"

- "Voyons, Donald ! C'est simplement une façon de dire que je vous admire !"
- "Enfin ! Ce n'est pas trop tôt. Dois-je en déduire que vous comprenez entièrement mon plan ?"
- "Oui chef !"
- "Très bien." dis-je moralement perché sur un piédestal dont il faut profiter. "Eh bien, vérifions cela par un petit examen."
- "Un examen ?"
- "Oui. Dites-moi seulement comment vous raisonneriez en ce moment si vous étiez James ?"
- "Je serais carrément paniqué par les révélations que Christopher veut faire dans sa prochaine lettre."
- "Oui, et alors ?"
- "Alors, je déciderais, enfin j'essayerais de supprimer Christopher, naturellement. Je n'aurais pas le choix."
- "Et si Christopher était introuvable pendant ces deux jours ?"
- "Eh bien, je n'aurais plus qu'à... qu'à envoyer une lettre anonyme à sa place, et au plus tôt ! Mais c'est tout simplement génial !" s'exclame-t-elle, soudain frappée par la contagion de mon stratagème.
- "C'est normal, ma chère, puisque c'est précisément le scénario que j'ai prévu. Et je suis heureux de constater que vous êtes digne de votre chef !"
- "C'est vrai ? J'ai donc réussi mon examen ?"

Je fixe son regard pétillant en me demandant combien d'heures me séparent encore du privilège de l'embrasser, avant de conclure péremptoirement.

- "Oui, Betty. Avec mention Très Honorable."

Armés de la certitude tranquille de toucher enfin au but, nous nous installons dans une attente confortable, tel un couple de pêcheurs à la ligne sur les berges d'une rivière poissonneuse. En réalité, il faut nous séparer, car Betty doit surveiller le manoir depuis un bosquet environnant, tandis qu'il me revient d'opposer un barrage étanche permettant d'arrêter James sur le chemin de la poste. L'important est de rester en contact radio permanent, afin que l'assassin puisse être capturé hors les murs du domaine de Lord Alderson, tant il faut éviter de risquer la vie de ce dernier pour le cas où les choses tourneraient à notre désavantage.

Pour permettre à Betty de garder l'Allegro, je parviens à emprunter la voiture de fonction de Malcolm Lawson, une fourgonnette Ford de belle longueur, susceptible de fermer l'unique route du petit bout du monde qui termine la courbe irrégulière de la baie d'Aldersea. En reconnaissant le terrain de l'œil assuré d'un Napoléon à Austerlitz, je déniche bientôt l'endroit idéal, conjuguant à la fois l'étroitesse de la route, bordée de part et d'autre de buissons épineux, le camouflage d'un tournant qui garantit une belle surprise au messager nocturne, et surtout la possibilité d'observer l'essentiel du chemin qui me sépare du manoir depuis un petit promontoire couronné de genêts qui dansent aux quatre vents. Ainsi préparé, je savoure le calme d'un crépuscule sauvage, respirant à pleins poumons un air marin qui semble transporter l'écume des vagues dans la senteur iodée des varechs ressuscités par la marée montante, lorsqu'un signal strident de Betty me rappelle brutalement à la réalité grésillante de nos émetteurs.

- "C'est vous, Betty ? Que se passe-t-il ?"
- "Je crois que le poisson va mordre, Donald…"
- "Vous voyez James ?"
- "Pas encore, mais je viens de remarquer une lueur derrière une des fenêtres du manoir."

- "De quel côté ?"
- "Du côté de l'aile nord, à l'étage. C'est bien là que le personnel est logé, n'est-ce pas ?"
- "Oui, en principe. Mais c'est peut-être quelqu'un qui a du mal à s'endormir..."
- "Ça m'étonnerait. Il y a près de deux heures que la dernière lumière s'est éteinte, et..."
- "Et quoi ?"
- "Ça y est, Donald ! Quelqu'un vient de sortir par la porte de service ! J'en tremble d'émotion !"
- "Bon, eh bien, au lieu de trembler, ne le perdez pas de vue, et dites-moi plutôt ce qu'il fait."
- "C'est difficile à voir, malgré la pleine lune, mais... si ! Il contourne l'aile nord... ça y est... il a disparu. J'espère qu'il longe le bâtiment, sinon ..."
- "Sinon quoi ?"
- "Sinon, il sera très difficile à repérer, à cause des arbres du parc... ouf ! Le revoilà ! Il contourne l'angle du manoir, et continue à longer le mur..."
- "Ma parole, c'est une promenade de somnambule que vous commentez-là !"
- "Ça y est, Donald ! La remise ! Il vient d'entrer dans la remise des cuisines..."
- "Parfait ! C'est bien notre homme, et cette fois-ci, il n'a personne d'autre à nous envoyer à sa place. Alors, il la sort, sa belle moto ?"
- "Non. Je ne vois plus rien. Il faut attendre..."
- "Attendre ! Toujours attendre ! Je commence à me demander si j'ai bien choisi mon métier... Alors, que fait-il ?"
- "Je ne sais pas. Je ne vois toujours rien."
- "C'est bizarre. La remise n'est pourtant pas si profonde que ça !"

- "C'est vrai, mais vous m'avez dit qu'elle est très encombrée…"
- "Nom d'une pipe, Betty ! Vous avez raison ! Il doit y avoir une autre sortie par derrière !"
- "Mais alors, pourquoi serait-il entré par la porte que je vois d'ici ?"
- "Pour éviter de contourner la remise, pardi ! Il réduit les risques, Betty ! Ne surveillez plus cet endroit et cherchez beaucoup plus loin, je vous en prie !"
- "Mais de quel côté ?"
- "En direction du portail, voyons !"
- "Attendez, je vérifie… non, vraiment, je ne vois rien d'anormal. Désolée !"
- "Mais enfin, Betty ! Il ne s'est pas volatilisé ! Autant me faire croire qu'il passe par un souterrain secret !"
- "Il y a peut-être une autre sor… attendez ! J'entends un bruit de moteur qu'on fait démarrer. ça y est ! Le phare jaune est à côté du portail !"
- "Il a dû faire un détour par le parc pour être plus discret. J'aurais dû m'en douter. Et maintenant, que fait-il, Betty ?"
- "On dirait qu'il vérifie quelque chose… non, je crois qu'il met un casque."
- "Pauvre homme ! Craindre une contravention quand on sait ce qui l'attend ! C'est un vrai maniaque !"
- "Cette fois, Donald, il est à vous ! Il vient de passer le portillon latéral et prend votre direction. A vous de jouer ! Je saute dans la voiture et je vous rejoins dès que possible."
- "Pas si vite, Betty ! Attendez cinq minutes avant de le suivre. Il ne faut surtout pas qu'il remarque vos phares, vous comprenez ?"
- "Ok. Mais faites attention, Donald, au cas où il serait armé…"

192

- "Ça m'étonnerait, cette fois-ci. Il n'a aucune raison de prendre un tel risque."

Je quitte aussitôt la voiture de Malcolm pour rejoindre mon observatoire champêtre, à quelques pas d'un tournant qui doit être en même temps le premier de ma carrière et le dernier de celle d'un quadruple assassin. Dans le lointain, j'aperçois la masse inerte du manoir d'Aldersea, d'où s'éloigne à vue d'œil une minuscule lueur jaune qui me fait frissonner d'impatience, alors que les multiples ingrédients de notre recette policière parviennent enfin à la perfection d'un chef-d'œuvre gastronomique. La lumière prometteuse grossit peu à peu, au fil des virages que la route concède aux maigres cultures de la région, et le faisceau grandissant semble chercher vainement le chemin du salut dans une obscurité silencieuse et complice. Plus loin, à bonne distance du phare agité et solitaire comme la lampe de poche d'un cambrioleur, le même parcours se révèle en blanc, assurant ma barricade nocturne du renfort prochain de Betty afin de mieux resserrer l'étau de la justice humaine sur le monstre à deux roues. Il est temps de descendre pour faire bon accueil au prochain pensionnaire de la prison de Stanford, dont la pétarade mécanique semble ressusciter une nuit d'avant-guerre.

- "Halte-là ! Police !"

Je crie mon ordre en me postant au début de la courbe, croyant laisser au motard les dix derniers mètres pour s'arrêter devant le barrage hermétique de la Ford.

C'est compter sans la surprise de James, qui croit bon d'accélérer avant de remarquer qu'un obstacle infranchissable l'attend. Il rattrape son réflexe tardif en contre-braquant et en freinant à mort avant de coucher son engin dans le fouillis barbelé des ronces qui complètent mon travail. Il se relève aussitôt, sans dommage apparent, et me fixe un instant, traqué comme un cerf aux abois encerclé de trop près pour en réchapper.

- "Rendez-vous, James ! Vous n'avez aucune chance
- "Jamais !"

Impressionné par la voix méconnaissable qui ose braver mes exigences, je marque un léger temps d'arrêt, puis m'approche en détruisant ses derniers espoirs de fuite.

- "Vous êtes cuit, James : une autre voiture vous a suivi."

Alors que je suis à trois mètres de lui, il fait mine de vouloir s'enfuir en m'évitant sur le côté, puis déroute ma logique en fonçant droit sur moi et casque en tête, devenu soudain dangereux comme un gros sanglier maladroitement blessé. Le choc étourdissant qui s'ensuit lorsque sa tête entière disparaît dans mon abdomen me fait tomber à terre, plié tel un fléau dans des douleurs dignes d'un accouchement impossible, pendant que James en profite pour sauter sur une moto dont le moteur n'a pas daigné s'arrêter.

- "Ma parole !... Il prend la direction du manoir !"

Il est déjà trop tard pour me lancer à sa poursuite avec la Ford si stupidement coincée par ma propre volonté, d'autant que Betty semble sur le point de me rejoindre enfin, nous laissant une ultime occasion d'arrêter James tant qu'elle ne l'a pas croisé sur l'étroite route côtière. Hélas ! La chance semble indifférente à la notion de justice, puisqu'elle permet à notre gibier de nous échapper in extremis, en contournant l'Allegro de nos derniers espoirs par un rodéo à travers des champs et des rochers que le motard ne connaît que trop bien ! De rage, Betty fait un tête-àqueue spectaculaire qu'elle prolonge par une marche arrière tonitruante avant d'arriver à ma hauteur.

- "Eh bien, Donald ! Dépêchez-vous de monter, voyons !"

J'obtempère sans perdre un temps précieux dans de vaines hésitations, tant l'urgence de la situation prévaut sur le choix du conducteur.

- "Comment a-t-il pu vous échapper ?"
- "Je vous expliquerai plus tard."

Trop choqué pour détailler ma réponse, je renoue avec les frayeurs insupportables de mon premier trajet dans cette direction, doublées ce jour-là des douloureux effets abdominaux du casque de James. Je m'en veux d'avoir si galamment secouru Betty contre les foudres de Grigson, au point que le souhait d'abandonner la folle poursuite me suggère une meilleure idée.

- "Et puis non ! Non, c'est impossible !"
- "Quoi, Qu'est-ce que ça veut dire ?"
- "On ne peut pas lutter contre une moto sur une route pareille ! Regardez comme il s'éloigne de nous !"
- "Désolée, Donald ! Mais je fais de mon mieux !"
- "Je sais, et je n'irais sûrement pas plus vite que vous, soyez-en sûre !"
- "Alors, que faire ?"
- "Il faut s'arrêter et téléphoner à la première occasion."
- "Pourquoi ?"
- "Pour avertir Lord Alderson ! Vous êtes naïve, Betty ? Pourquoi croyez-vous que James retourne au manoir ?"
- "Vous voulez dire que…"

- "Qu'il n'a plus rien à perdre en se vengeant sur le Lord ! Tenez, arrêtez-vous à la prochaine maison, là-bas, sur la droite. Ce sera plus rapide que par le standard du commissariat. A condition qu'il y ait quelqu'un !"
- "Vous avez raison, James est déjà beaucoup trop loin." approuve-t-elle en freinant et en dérapant si bruyamment que nous sommes dispensés de sonner à la porte.

Après un minimum d'explications frisant l'incorrection, nous nous précipitons sur le téléphone d'un couple de retraités, tout ahuris de nous recevoir en pyjama et incapables de comprendre la gravité du suspense que nous vivons.

- "Enfin, Donald ? Pourquoi n'y a-t-il personne ?"
- "Sans doute parce que le Lord s'attend à ce que James réponde, comme d'habitude !"
- "C'est affreux ! Combien de temps nous reste-t-il avant que James arrive au manoir ?"

Je regarde ma montre, en évaluant empiriquement la distance qui sépare le Lord d'une mort quasi certaine, pendant que son téléphone sonne toujours en vain.

- "Environ cinq minutes, dix peut-être, en étant opti… Allo ? Allo ? C'est Lord Alderson ?"
- "Oui, pourquoi ? Que me veut-on à une heure pareille ?"
- "C'est l'Inspecteur Flag, Monsieur. Ecoutez-moi bien, je vous en prie. Le temps presse et vous êtes en danger de mort."
- "Mais que se passe-t-il ?"

- "Il se passe que James est l'assassin que nous avons failli l'arrêter sur la route, qu'il nous a échappé, et qu'il veut vous tuer."
- "Quoi ? Qu'est-ce que vous racontez ?"
- "Puisque je vous dis qu'il est sur le point d'arriver au manoir ! Ne perdons pas de temps en parlotte. Nous sommes à dix minutes de chez vous. Je vous expliquerai tout mais, de grâce, sauvez au moins votre peau !"
- "Mais pourquoi James ? Et comment le... et Christopher ?"
- "C'était un piège, une mise en scène pour que James se trahisse. Je ne peux pas vous en dire plus, mais faites-moi confiance, vous saurez tout. Etes-vous armé ?"
- "Oui, j'ai des armes de chasse, mais il faut les préparer, et ce n'est pas moi qui le fait, d'habitude."
- "Laissez tomber. Ce serait trop long. Il vaut mieux vous cacher à tout prix jusqu'à notre arrivée, sinon ..."
- "Mon Dieu !"
- "Quoi ?"
- "Il y a un bruit de moteur dans la cour..."
- "C'est lui ! Il a pris la moto de Christopher. Cachez-vous et tenez bon, nous arrivons dès que possible."

Les dix minutes en question s'étirent en une éternité d'angoisse et d'incertitude, tant Lord Alderson nous semble mal préparé face à l'aveugle détermination d'un meurtrier devenu fou depuis sa fuite. Quel peut être l'ultime idéal d'un homme qui a perdu d'avance la partie désormais inégale qu'une loi vengeresse lui impose à travers nous ? A quoi bon se priver de tuer et de régler ses comptes, lorsque les limites de l'irréparable sont à jamais dépassées ? Nous entrons là dans la logique absurde d'un engrenage dont James lui-même ne peut plus maîtriser l'emballement, puisqu'au contraire de toute humanité, il devient soudain rationnel d'amortir les frais d'un échec définitif en allongeant la liste des victimes innocentes. Sous la torture morale de ces interrogations sans réponse, nous arrivons enfin devant un manoir lugubre à force d'être silencieux, repérant aussitôt une moto que James n'a même pas pris de temps de cacher.

- "On n'entend absolument rien, Donald."
- "C'est peut-être bon signe. En tout cas, il y a de la lumière à l'étage. "
- "Pourvu qu'il ne soit pas trop tard !"
- "Voyons, réfléchissons. Ou bien James est encore en train de chercher le Lord, ce qui nous laisse un espoir ; ou alors, il l'a déjà trouvé, et sa dernière chance est de nous supprimer avant de s'enfuir."
- "A moins que le Lord ne l'ait maîtrisé…"
- "Oui, bien sûr… Mais alors, pourquoi ne vient-il pas à notre rencontre ? Non, il vaut mieux envisager le pire. Retournez à la voiture pour appeler des renforts "
- "Et vous ?"
- "Moi, j'entre en éclaireur. S'il reste une chance infime, on ne peut pas se permettre d'attendre sans rien faire."
- "Alors, je vous accompagne."
- "Pas question ! Restez dans la voiture, c'est un ordre ! Et ouvrez l'œil au cas où James chercherait à s'enfuir."

Sans laisser à Betty le moindre espoir de changer d'avis, je gravis d'un pas résolu le grand escalier de pierre, peu à peu gagné par l'impression désagréable d'un condamné montant à l'échafaud. Une porte de chêne entrouverte sur l'obscurité d'un caveau m'accueille sans l'ombre d'un grincement alors que je pénètre dans le grand hall, seulement quelques minutes après James. Le poids d'un silence chargé de risques mortels me fait anticiper d'horribles découvertes, malgré les efforts que je déploie pour conserver le sang-froid qui semble vouloir me fausser compagnie. Lentement, la noirceur du lieu prend des formes d'abord incertaines, puis à peine reconnaissables au gré des rayons lunaires trop rares que la croisée du palier laisse filtrer. En frôlant les recoins architecturaux d'un lieu rendu étrangement vaste par ma propre nervosité, je parviens à me diriger jusqu'au bas de l'escalier de marbre, contournant tour à tour une sculpture proéminente, un vaste coffre qui sert de banquette inconfortable, puis une des colonnes massives soutenant la spirale ascendante qui donne accès au premier étage.

Là-haut, l'air se raréfie au point de me couper le souffle, tant l'immobilité des choses semble avoir vidé l'espace de toute vie antérieure à mon angoissante visite. Mais en tournant sur la gauche en direction des appartements du Lord, la lumière enfin retrouvée me rend la vue en même temps que la respiration. A quelques mètres de l'antichambre, de légers bruits me parviennent, semblables à ceux que ferait quelque rat au beau milieu de ses activités nocturnes et discrètes, tandis que j'écoute vainement dans le fol espoir d'entendre les gémissements d'un blessé encore récupérable, ou de surprendre à temps l'étrange conversation d'un bourreau et de sa victime.

Rien de tel lorsque je passe le seuil de la réalité, puisque je découvre Lord Alderson près d'une cheminée, fébrilement occupé à enflammer un document d'une main trop tremblante pour y parvenir. En percevant mon arrivée, il sursaute et tente maladroitement de cacher le document qu'il s'apprêtait à détruire avec tant de précipitation.

-   "Ah ! Inspecteur ! Vous voilà enfin !"
-   "Dites plutôt que j'arrive trop tôt ! Où est James,"
-   "Là... dans ma chambre. J'ai dû... enfin, je n'ai pas eu le choix, et..."

Je m'approche du corps inerte étendu sur le ventre en travers du lit.

- "Il est mort ?"
- "Oui. Je... je n'ai pas pu faire autrement. Il est arrivé comme une trombe et s'est jeté sur le lit en croyant que je dormais. Mais, grâce à vous, je l'attendais derrière la porte avec ça." précise-t-il en me montrant l'arme de sa vengeance improvisée, une lourde sculpture guerrière dont le drapeau tranchant semble flotter dans le sang répandu sur le plancher.
- "Je vois. La situation de légitime défense sera facile à démontrer. Il vous aurait tué si vous lui aviez laissé la moindre chance de se battre... Mais donnez-moi plutôt le papier que vous alliez brûler. C'est une lettre de James, je suppose ?"
- "Non. A vrai dire... ça ne vous regarde pas."
- "Ah non, Monsieur ! Ce serait trop facile ! Je sais que vous ne m'avez jamais dit toute la vérité, mais aujourd'hui, je l'exige. Sinon, vous finirez par être soupçonné de complicité. Suis-je clair ?"
- "Oui. Vous avez raison. Après tout... ça n'a plus d'importance, désormais. Tenez..."
- "Mais ? C'est votre testament ?"
- "Oui."
- "Pourquoi vouliez-vous le détruire ?"
- "Pour... pour effacer le souvenir de James."
- "Et détruire la dernière preuve du scandale des deux "J" ?"
- "Comment ?"
- "Oui. Je suis au courant de l'histoire des "Jamoureux"."

200

Le Lord, d'abord interloqué, ne peut s'empêcher de ricaner d'une façon que je trouve passablement déplacée après la tension des minutes que nous venons de vivre.

- "Vous voulez dire que vous avez cru ces ragots ?"
- "Je n'ai guère eu le choix, Monsieur. Et le fait que James soit en bonne place sur ce testament me semble assez révélateur, vous ne trouvez pas ?"
- "Ah ça, non alors ! Vous n'y êtes pas du tout, Monsieur Flag. Non ! Mais je peux tout vous dire, maintenant que James a fini d'abuser de ma faiblesse."
- "Expliquez-vous. Je vous écoute."
- "Oh ! C'est beaucoup plus simple que vous ne l'imaginez, Inspecteur. Une stupide erreur de jeunesse que j'ai passé le reste de ma vie à payer au prix fort, en faisant les frais d'un chantage permanent. Je n'ai jamais eu le courage de la vérité."
- "Que voulez-vous dire ?"
- "Que la mère de James était trop belle, et que le hasard m'a fait rencontrer Mary trop tard. James était mon fils."
- "Voilà donc le secret que vous gardiez pour vous ! Mais pourquoi le scandale des deux "J" ?"
- "Parce que les faveurs que j'étais forcé d'accorder à James faisaient jaser nos relations."
- "Forcé, dites-vous ?"
- "Oui. Vous avez bien entendu, Inspecteur. James était trop malin pour ne pas profiter de la situation dès que sa mère lui a tout raconté. Il a tenu à rester au manoir en qualité de premier serviteur, mais il a peu à peu empoisonné notre vie de famille. Jusqu'au jour où…"
- "Oui ?"
- "Jusqu'au jour où Mary a découvert la vérité, et le plus terrible, c'est que… c'était le jour de son accident."

201

- "Or, justement, ce n'était pas un accident. Est-ce que vous m'avez seulement dit tout ce que vous savez sur cette mort ?"
- "Oui, enfin... presque ..."
- "C'est-à-dire ?"
- "C'est-à-dire que c'était, en quelque sorte, un... un demi accident."
- "Et l'autre moitié, c'était qui ?"
- "Moi. Du moins, j'ai toujours cru que c'était moi, jusqu'à la lettre d'hier matin. Au fait, de qui était cette lettre, puisque Christopher n'est pas en cause ?"
- "Je vous expliquerai plus tard. Disons que c'était une... demi lettre anonyme ! Mais pourquoi êtes-vous en cause dans la mort de votre femme ?"
- "Parce qu'elle m'avait surpris alors que j'exhortais James à ne pas abuser de la situation. J'ai dû dire un mot de trop et elle a tout compris. Elle s'est enfuie au triple galop, et j'ai essayé de la rattraper pour tout lui expliquer. Mais elle était trop bonne cavalière..."
- "Et où était James, pendant ce temps ?"
- "Notre dispute était à quelques minutes du Rocher de Mallow. Mais James s'était enfui en courant après l'arrivée de Mary. Et c'est en revenant bredouille que j'ai trouvé Mary mortellement blessée. J'ai tout de suite compris qu'elle était tombée de cheval en voulant refuser de m'écouter. Voilà pourquoi je me suis toujours cru responsable de sa mort, en partie du moins..."
- "Ce qui explique aussi que vous n'ayez jamais cherché à en savoir plus. Car figurez-vous que c'est James qui l'a tuée."
- "Qu'est-ce que vous dites ? Comment savez-vous cela ?"

- "C'est Christopher qui détient cela d'un témoin, hélas aujourd'hui décédé. Vous comprenez pourquoi il vous a détesté au point de vous quitter ! Mais peut-être en saurons-nous plus en fouillant James. Il devait normalement poster un message à votre intention."

Je m'approche du cadavre, dont la manipulation malaisée doit préserver la posture jusqu'à l'arrivée de nos collègues photographes, pour en extraire enfin une enveloppe souillée de sang déjà partiellement caillé. L'ayant ouverte avec précaution, je dois lire son contenu à deux reprises afin d'en comprendre tout l'intérêt.

- "Eh bien, Inspecteur ?"
- "Eh bien, il faut rendre à César ce qui est à César."
- "Je ne comprends pas…"
- "Voyez vous-même, Monsieur. James a bel et bien tué Mary von Knaben, mais c'était pour se défendre. S'il faut en croire votre erreur de jeunesse, Mary est retournée au Rocher de Mallow tout exprès pour tenter de piétiner James sous les sabots de Prince. Ce qui semble en tout point concorder avec le seul témoignage connu."
- "Alors James…"
- "James n'a tué que trois fois, ce qui est malheureusement déjà trop. Mais c'est peut-être la conséquence de la réaction irréfléchie et passionnelle de votre propre femme."
- "Mon Dieu ! Quelle histoire de fou ! Et tout ça, à cause de ma faiblesse maladive !" avoue-t-il devant le retour sanglant d'une vérité trop longtemps bafouée.
- "Sans doute. Comme quoi, il suffit parfois de cacher peu de choses pour faire le lit du crime !"
- Mais… vous partez déjà ? Où allez-vous, Inspecteur ?"

- "Je vais chercher le Sergent Beetle. Cela dit… ne vous inquiétez surtout pas si nous tardons un peu à revenir…"
- "Pourquoi ?"
- "Comme ça… une intuition…"

\*\*\*\*\*\*\*\*\*\*\*\*

# Si vous avez apprécié...

...merci de vous connecter quelques instants sur Amazon.fr pour donner votre avis sur cet ouvrage et en recommander la lecture le cas échéant.

*Votre avis est en effet essentiel, non seulement pour l'auteur et compositeur amateur que je suis, mais plus encore pour les nombreuses personnes surfant sur Internet en quête de conseils authentiques pour faire leur choix, sans compter que le soutien et les commentaires de mes lecteurs ou interprètes me sont tout aussi précieux que l'indispensable information des médias.*

*Dans l'attente du plaisir de vous lire en retour...*

Bernard GARDE

# Autres ouvrages disponibles du même auteur :

**Âpre Miel**
*La conscience est amère, mais l'humour est sucré. (Ana)*
Disponible sur Amazon.fr

**Rapport Saintélangues**
*De l'échec à la réussite en Anglais. (Essai)*
Disponible sur Amazon.fr

**Saintélangues – Niv.0**
*(Méthode autonome d'apprentissage accéléré pour débutant ou re-débutant intégral en anglais).*
Disponible sur Amazon.fr

**English Dialogues 1**
*(26 dialogues en anglais et 550 questions de compréhension ou d'improvisation, avec traduction indicative intégrale).*
Disponible sur Amazon.fr

**English Dialogues 2**
*(26 dialogues en anglais et 550 questions de compréhension ou d'improvisation, avec traduction indicative intégrale).*
Disponible sur Amazon.fr

**Le Ménestrin**
*(20 partitions pour flûte(s) à bec et dulcimer).*
Disponible sur Amazon.fr

**Cantate au Clair de Lune**
*(Pour voix ou instrument solo sur l'adagio de la Sonate au Clair de Lune de L.V. Beethoven).*
Disponible sur Amazon.fr

**Mélodithèque** (Volumes 1 à 6)
*(210 partitions pour guitare, guitare et flûte à bec, duos, trios et quatuors de flûtes à bec + enregistrements numériques).*
Disponibles sur Free-scores.fr

**Arrangements Musicaux**
*(The rose of Allendale, Amazing Grace, The Wild Rover, Scarborough Fair, Greensleeves, Canon de Pachelbel + enregistrements numériques).*
Disponibles sur Free-scores.fr

www.ingramcontent.com/pod-product-compliance
Lightning Source LLC
Chambersburg PA
CBHW060056150626
46556CB00017BA/773